低头思故乡

况正兵 著

四川人民出版社

图书在版编目（CIP）数据

低头思故乡 / 况正兵著. — 成都：四川人民出版社，2024.7（2026.1 重印）
ISBN 978-7-220-13629-0

Ⅰ.①低…　Ⅱ.①况…　Ⅲ.①散文集－中国－当代
Ⅳ.①I267

中国国家版本馆 CIP 数据核字（2024）第 056162 号

DITOU SI GUXIANG
低头思故乡
况正兵　著

出 版 人	黄立新
策划组稿	李淑云
责任编辑	李淑云
插　　画	金　雪
封面设计	张　科
版式设计	李其飞
责任校对	林　泉
责任印制	周　奇
出版发行	四川人民出版社（成都市三色路 238 号）
网　　址	http://www.scpph.com
E-mail	scrmcbs@sina.com
新浪微博	@四川人民出版社
微信公众号	四川人民出版社
发行部业务电话	（028）86361653　86361656
防盗版举报电话	（028）86361653
照　　排	四川胜翔数码印务设计有限公司
印　　刷	成都东江印务有限公司
成品尺寸	130mm×185mm
彩　　插	0.375
印　　张	7.625
字　　数	135 千
版　　次	2024 年 7 月第 1 版
印　　次	2026 年 1 月第 2 次印刷
印　　数	7001—8000 册
书　　号	ISBN 978-7-220-13629-0
定　　价	49.80 元

或许我父亲的沉默
才是正确的应对

他打着呵欠，站在门口
看见父亲扛着锄头
一手牵牛，慢慢走向了山坡
他永远记得
他没齿不忘

我记得这番情景
因为这就是永别
这天下午我所目睹的故乡的金黄稻田
和肃穆草把
以后我再也没有看见

除了父亲辞世的那个夏天
从此没在春节之外的时间回来
未收割的金黄稻田
饱满的稻穗谦逊低头
已收割的地里，立着一束束的草把子
像许许多多叉开双腿的小人
极其肃穆

所有的孩子都没来得及长大
所有的青年和中年都还没有外出
在中秋之夜，我们没有想到团圆
因为所有的家庭都是整整齐齐
圆圆满满的一家人

故人渐逝，但草木长留
这块土地上的一草一木、一砖一瓦都具有
安心宁神的作用
甚至是喔喔鸡鸣，狺狺犬吠
听起来都像是亲切的呼唤
它们在呼唤我的乳名
请我慢一点、静下来

我跟我母亲，是很像的
母亲给予我的缺点
我加倍地还给了她
我的每一次争执和反抗
对母亲而言都像是危险的信号
这个儿子是个聪明能干但忤逆粗暴的逆子
并不那么可靠

目录

烟火渐亲 001

奶奶 / 003

我和母亲 / 007

亲密的影子 / 011

母亲的房子 / 017

猪与玩具枪 / 021

父亲 / 025

送别 / 034

未完成的葬礼 / 039

大伯 / 045

四哥 / 050

落日故人 059

龙凤小学 / 061

气死瓜儿猪一条，烂草蛇一根 / 066

姐姐 / 071

爱情故事 / 076
小虎队与表哥 / 079
最佳拍档 / 084
永生之方 / 089
捕蛇者说 / 096
竹器时代的老人 / 103
从龙岗，到龙岗 / 108

村桥原树 113

最后一个夏天 / 115
中秋月色 / 119
残忍的秋天 / 126
回乡偶记 / 129
过年 / 135
我的婚礼 / 139
故乡是衰败的修理厂 / 144

浮云游子 149

路遥：你是哪一个十五岁的少年 / 151
艳阳不可辜负 / 157
在成都的上海房东 / 164
小生意 / 172

侠客梦 / 180
听取蛙声一片 / 184
何以解忧，唯有跑步 / 188
相亲记 / 191
命曰奇逢 / 199
谁似临平山上塔 / 202
我们的编辑部 / 211
读书与读人 / 215
审丑的生活 / 224
四十不惑惑转滋 / 229

后记 238

烟火渐亲

低头思故乡

理想的家风

是传承温情

泯灭仇恨

因为亲人之间的争执

永远也不会有胜者

奶奶

我奶奶叫韩益珍，四川省垫江县福安村人氏。生于清宣统三年，卒于2005年。

养儿防老，这是对的；但养了两个以上的儿，便没人养老。在吾乡，这是常见的悲剧。我奶奶亦未能幸免。两个儿子成家后，各自把房屋、土地分去一半，寡母的衣食住行，却没人承担。大家同屋而居，分灶而食。厨房里左边一口大灶，右边一口大灶，两家各用一个；中间一个小灶，供奶奶个人使用。三灶各烧各的柴，各做各的菜，各上各的桌，除了油烟之外，半分油脂也不愿意均沾。

我母亲很厉害，我伯母也不省油，我奶奶更不会逆来顺受。三个女人一台戏，各据一点，形成稳定的争斗关系，三天一小吵，五天一大吵，妯娌矛盾加上婆媳矛盾，无时不在，无时不有，殃及了两家大大小小、老老少少的人物。1992年左右，大伯一家迁走，于是争吵主要爆发于母亲与奶奶之间。

大多数都是鸡毛蒜皮的小事，比如奶奶捡回的一根树根，被母亲扔进了灶；母亲藏在鞋子里的钱找不到，怀疑奶奶偷拿。小声的埋怨，变为高声的指责，最终演变为旷日持久的争吵。也许，贫困使大家的心肠都变得刚硬，唯有相互伤害才能感到痛快。

奶奶每个月有 30 斤大米，两个儿子隔月提供，月初称取；每年有 60 斤玉米、60 斤小麦，两个儿子各给一半，入仓时称取。除此之外，所有衣食均需要她自己经营。她有一块自留地，一年四季都种了菜；她有两只母鸡，隔天下蛋，一个月可得鸡蛋 20 余枚（鸡蛋可换钱，买回油、盐、酱油、灯油和纸烟）。白天，她背着背篼上坡，在收割过的稻田里拾稻穗，在翻过的地里掏红薯，在掰过的苞谷地里捡苞谷棒子（我由她带大，幼年时跟在她身后，走过吾乡每一个坡坡坎坎）。夜晚，她在煤油灯下剪脚上的厚茧（她从小缠脚，脚是尖尖的弓形，大脚趾前凸，另外四个脚趾挤作一团），剪完之后又裹上裹脚布。我一边看她剪厚茧，一边给她裹纸烟。

她身体一直硬朗。1995 年大伯去世，她似乎没受影响，葬礼过后一切如常，同我母亲的争吵声音更大，仿佛年纪越大，声气越旺。2004 年冬天，她九十三岁，仍然自己去水井里打水，提着水回来时，在门口的石阶上摔了一跤。这一跤摔断了腿骨和盆骨。

寒假我回家时，她已经在床上躺了两个多月。没人送她去医院治疗断腿；她躺着的房间很阴暗，在她等死的时候，母亲仍不给她安电灯；她的衣服没有换过，臭味非常明显……这些，我都能够忍受。但看到父母处理她大小便的方式时，我愤怒得失去了理智：

床上开一洞，床底塞一篓灰。她躺着，大小便从洞中落到灰中。裤子上、被子上、屁股上，沾满层层屎尿。

我掀了桌子，砸了锅碗，我只能拼命大吼大叫，吼叫了什么，一点不记得。

愤怒过后是浑身瘫软般的空虚，我把奶奶的衣服拿去水田边清洗时，脚像踩着棉花，轻飘飘地走不动路。衣服很臭，我一边洗衣服一边干呕，终于呕出了眼泪。

她的牙齿全部掉光了，吃饭只能流食，说话我也完全听不清。我喂她喝稀粥，给她擦身子，倒大小便，像小时候她抚育我长大一样。

回校的时间到了。我喂她吃完一顿稀粥，告诉她我马上就要走了。一想到她的身上和衣服上还要沾上屎尿，便悲从中来。这个时候，我唯愿她早早死去。我甚至动了掐死她的念头。

我说："婆，你安心去吧。我以后给你报仇。"

她眼角滚出的巨大泪珠，在干瘦的脸上流动。她蠕动着没牙的嘴，似乎要说什么。我把耳朵凑近，什么也没有听清。

一个多月之后，她去世了。我赶回来参加了葬礼，我没有流泪，我甚至感到高兴。葬礼后三个月，我正式工作，拿到人生中第一份工资。过年时我买了一条烟，偷偷带到她坟前烧掉。

她本可以安享晚年，本不该如此凄惨离世。

所谓报仇，只是我不能实施也不敢实施的空言。人生如河，仇恨似浪，平静的河全因这一丁点的浪而翻腾呻吟。哪有什么天命，悲剧多属人为。理想的家风，是传承温情，泯灭仇恨，因为亲人之间的争执，永远也不会有胜者。当我自己有了小孩，成了承先启后的一环之后，更认清了我在生命之河中的责任：仇恨不自我而起，应自我而终。我愿做一条堤坝，横亘于河流之上，上游仇恨的浪，都打在我身上；而下游的河水，要从此安澜，平静地、舒缓地流向大海。

我懂得奶奶死前没有说清的话。

2017 年 5 月

我和母亲

母亲对我的痛打，有两次至今不忘。

一次是我和邻家小孩去拔了某户人家的蚕豆苗，学着大人栽到自家土里。那户人家素与我家不睦，趁势上门叫骂。母亲与她对骂之后，拿了一条绳子，把我捆起来吊在厨房的横梁上，狠抽了一顿。她一边打一边大吼：“两个人干了坏事，却只来骂你一个。就是欺负你呀，就是要来踩你啊，谁叫你家穷啊！”

第二次是因为一次普通的数学测试，我考了 85 分，同班的邻居家小女孩却考了满分，第一次超过我。我并没有觉得这有何不妥，安坐在小板凳上吃饭。母亲一脚把我踢到墙角，把饭碗砸到我身上：“你啷个考得这么差，你啷个考得比××差?”又把我书包里的书抖出来，一本本朝我砸来：“你书读到牛屁眼里去了，你是啷个读书的?”原来母亲刚跟邻居吵了一架，火气正旺。

除了这两次之外，普通的痛骂、耳光、冷眼，不计其数。标准无论放多宽，我的母亲都不算是良善之辈。她虐待过婆婆，骂过丈夫，打过子女，与所有的邻居，都爆发过骂战；贤良淑德，一字不备。她骂我“你个打嫩巅儿的”，也骂我妹妹“你个卖×的”，污言秽语，恶毒言辞，张口即来。多年之后，妹妹一想起这些话，仍忍不住要流泪。

我从十二岁开始反抗。第一次还嘴之后，我害怕得浑身发抖，一溜烟跑出家门，游荡在荒郊野外；到晚上才饥肠辘辘地回到家门，吃了一碗冷饭，愤然睡觉。自此母子之间的对抗，成为常态。

对抗的高潮，发生在父亲去世前。那时父亲肝硬化已很严重，重庆的医生放弃用药，劝我们回家。我陪在老家，心里清楚这是父子相聚的最后时光。乡里的一个医生，每天来给父亲输液，缓解疼痛。母亲对此深为不满，她认为这是浪费钱；最不满的是，父亲输液时，就躺在母亲平时睡的那张床上。

“你们就不怕把病传染给我了？”

我说：“妈，爸这个病不传染的。”

“不传染，哪个晓得？”母亲一边择出白米中的谷壳，一边说，“你们巴不得我也得了这个病，死了算了。”

我爆发了，上去一脚就踢翻了米箔，白花花的米撒了一地，我大吼道：“不是你虐待他，这个病怎么会严重？你叫他挑粪，还不给饭吃，你以为我不晓得……”

母亲扑上来要打我。我往后一退，绊到凳子，和凳子一起跌倒在地。

后果惨重：母亲翻出我和妹妹历年来买给她的衣服鞋子，在地坝中一把火烧光；父亲终于知道了自己的病情，不再进食，三日后离世。我办完父亲的丧事，逃也似的回到城市。我的家，分崩离析。

两年后，母亲另找了一个年龄相近的老伴，常住在对方家里。她的脾气依然没变，但这人可不像我的父亲那般忍气吞声。两人争吵不断，最终还是难以凑合。过年回家，母亲对我诉说那人的种种不好，最后加了一句：“还是你爸爸好。”

我余恨未消，冷冷地回了一句：“现在你才知道，都是你造的孽。”

话很忤逆，但是我感到痛快。“色养”二字，我恐怕很难做到。

吾乡多穷人，而我家则尤甚。我的父母一共生育了四个孩子，只有我和妹妹长大成人。第一个孩子是个女孩，月子中夭折；第二个孩子是个男孩，却天生弱智加软骨病，没有说过话，也没有走过路。他长到十二岁，1988 年的大年初一去世。我永远记得他蹲坐在墙角的小板凳上，整个身体都靠在一张高凳子上，无聊地玩手；屋子中都是他屎尿的气味。吃饭时，母亲坐在他面前，喂一口饭给他，又自己吃一口。

每想及此，我就感到心痛，也感到安慰。我的母亲终究还是个善良坚强的人，她没有出走，也没有自杀，更没有趁早溺死或者闷死自己的傻儿子，而是等他自然死去；她只是脾气坏了一点而已；而年少无知的我，每一次争吵，都使她的脾气更坏了一点：唯一的儿子看起来也并不那么可靠。2016 年，我叫她不要去重庆做清洁工。她说："不去哪有钱养老？靠你？那我要遭饿死……"

人间所有泼辣粗鄙的妇女，曾经都是温柔多情的姑娘。禀赋相同，境遇各异，最终成了不同性格的母亲。我的母亲是未获命运眷顾的人，在努力活着的过程中，点点丢失少女时候的幻想，褪尽与生俱来的优雅，不得不以自私粗鄙的姿态，争取苟活的资本，过剑拔弩张的一生，最后伤害了自己，也伤害了整个家庭。

我接受自己的母亲并不那么爱我的事实，因为我也不怎么爱她。母子之间，血缘亲情，也不能战胜痛苦在大地上划下的深深鸿沟。我在这边，而母亲在那边。

2016 年 5 月

亲密的影子

1

我的父母一生生育了四个孩子，只有最后的两个孩子——我和妹妹，长大成人。

第一个孩子是个女孩，落地无声无息，当晚便死了，大约是因为营养不良。第二个孩子是个男孩，不幸是个瘫子加弱智，不会走路，不会说话。他活到十二岁死去。可能是照顾这个瘫痪的哥哥耗尽了母亲全部的爱，留给我和妹妹的，只剩下冷漠、斥责、打骂……父亲逆来顺受，忍气吞声。我十二岁后开始学会顶嘴，代替父亲充当了家庭里与母亲对抗的男性角色，于是家庭便与和谐宁静的氛围挥手作别。母亲盛怒时口不择言，什么难听的诅咒都喷到我身上；我则学会了摔碗砸凳。假如不是我后来长期住校，也许我和母亲难保不像有的人家一样持杖互殴。

在父亲去世前夕，我和母亲的关系降到最低点。我认为她对父亲病势的加重多少有点干系，她认为我居心不良想让她也感染肝炎。一场争吵之后，她焚烧了我和妹妹历年来买给她的所有衣服，宣布要断绝母子关系。

2015 年 9 月，我的孩子出生。妹妹带着母亲来杭州看孙子。事先已经说好，从此要定居杭州，母亲也非常高兴，卖掉家中的鸡鸭，送走养了好几年的猫狗。但妹妹前脚刚走，母亲后脚便要求回家。我告诉她，这里不是重庆，来不容易，回去也没那么方便。

她说：我不管。我待在这里不习惯。我觉得不自在。

在送母亲离开杭州前，我请假一天，带她去西湖边游玩。母子俩走在苏堤上，我在前，她在后。阳光从我们背后照射过来，把我们的背影投在落叶稀疏的水泥地上。人并不多，很安静，游人的喧闹和汽车的鸣叫好像都在很远的地方。我一边走，一边盯着地上前移的背影，它们看起来挨得好近，关系很亲密，马上就要重叠了。可是它们的主人，实际上是孤独的，这辈子恐怕再也没有机会像影子一样重叠靠近。

自私、粗暴、不受控制的坏脾气……我跟我母亲，是很像的。母亲给予我的缺点，我加倍地还给了她。我的每一次争执和反抗，对母亲而言都像是危险的信号：这个儿子是个聪明能干但忤逆粗暴的逆子，并不那么可靠。

2

从前，我觉得父亲理应是一家之主，不光要挣钱，还要在家庭建设中发挥支柱作用，尽量用理性精神做取舍、做判断；女子当家，好比牝鸡司晨，是妖异乱象，国必危，家必乱。但有了孩子之后，我渐渐发觉，合格的家庭，母亲才该是一家之主。姑且不说十月怀胎的艰辛和一朝分娩的痛苦，至少在养育孩子方面，母亲就已是当之无愧的支柱。

以我自己为例，孩子长到两岁半，付出最多的还是他的母亲。大部分时候，我扮演的是一个多余的清闲的父亲角色。给孩子喂饭的是母亲，我只管吃完了鼓腹踱步到书房；给孩子穿衣洗澡的是母亲，她一旦出差我便抓瞎，不知道哪条裤子该洗哪件衣服可穿；半夜给孩子盖被子的也是母亲，我通常一觉睡到天明；晚上带孩子出去散步玩耍的也是母亲，我偶尔带孩子出去一次便烦得要死。……我渐渐明白，为什么歌词中只说“世上只有妈妈好”。在养育孩子的时候，父亲和母亲都很重要，可是母亲比父亲更重要一点。由于女性的天性，在养育孩子的时候，大多数母亲总是付出得更多一点。

家庭不是讲理的地方，与升格为母亲的女性尤其不该讲理。与女性的付出一对比，这种建立在“妻以子贵”基础上的“封建特权”，特别合理。明白了这一点，我便继承了四川人的光荣传统，自觉当起了“炽耳朵”。每次跟老婆的争吵，都让我真心悔恨，因为我觉得我没她重要。回想往事，我也真心悔过：与母亲十余年争吵，除了一两桩事件因果明晰之外，其余全部都是不知从何而起的鸡毛蒜皮。就是这些轻若鸿毛的小事，成了生命中不可承受之重，把我家推入分崩离析的深渊。我在其中，推波助澜。

或许我父亲的沉默，才是正确的应对。假如我略微体谅母亲的艰辛，稍微退让，母子关系是不是就可以融洽一点？

可惜不能重来。

3

母亲如今一个人居住在乡村的老屋里。

她的脾气依然不怎么好。找了几次老伴，搭伙过日子，没人受得了她，最后都散伙。田地不种了，鸡鸭猪狗都不养，她打电话说闲得可怕。妹妹在重庆上班，她兴致一来，便打电话给妹妹，要求妹妹来接她上重庆。妹妹开车来接她。到了重庆没几天，又说要回去，马上收拾了衣服，不管什么时候什么天气就要走。妹妹说现在没空送，她说那自己去坐客车。妹妹没办法，请假送她回乡。……就这么往返折腾，一年好几次。

去年开始，重庆有人到乡下来招清洁工，母亲瞒着我们去报名。一车半白头发的老年妇女一起被拉进一个园区，负责擦地板、擦楼梯，每月工资 1800 元，包住不包吃。到了重庆之后她才跟妹妹打电话，妹妹去看她，看见所有人住在地下车库的地铺里。妹妹要她不干了，她死活不肯。有一个老妇说：可怜哟，这么大年纪，头发都白了还出来挣钱。妹妹脸上一阵红一阵白。

她干了一阵，嫌累，遂收拾衣服回家。我和妹妹暗喜。隔了一阵，乡下又有人来招洗碗工，于是母亲又报了名。……新一轮的折腾又开始了。

妹妹打电话找我诉苦。我说："由得她吧。她能折腾，说明她身体好。这是好事。"

我们给她的钱，她喜滋滋地收下，说都存起来。过年时翻她的存折，发现上面只有寥寥几百元。问她钱哪去了，她死活不说；问得急了，她便大发脾气，说你们给的钱，你们难道又想要回去？

"算了算了，"我跟妹妹说，"钱给她就是她的，随她怎么花，就算烧了我们也不要管。"

年纪越大，母亲的脾气越怪，说的话做的事有时叫人哭笑不得。改变她已无可能，只能改变我自己。我打定主意，凡事由她，之前欠下的听话债，如今全部还给她。只是偶尔想起奶奶和父亲去世时的凄凉景象，我会突然变得心硬，想找她大吵一场。等到哪天我想到此事也心如止水了，也许才称得上一个合格的孝子。

希望有一天，我能够带着母亲重游西湖。我推着轮椅中的母亲，我的儿子牵着他的母亲，一家人走在苏堤上。阳光一如既往地从身后照射过来，把我们的影子印在苏堤干净的地面上。我们的影子和我们的身体都亲密依靠在一起，永远不分开。

2018 年 5 月

母亲的房子

六十六岁时，母亲打算翻建老屋。那时我的经济状况并不好，在杭州买房时七拼八凑的外债尚未还清，妹妹也几乎月光。我努力劝她打消念头：老房虽然逐渐破旧，但短时间内不会倒，屋基不至于被收回。你住叔叔家，没必要修好了空着；至于养老，以后杭州和重庆随便你挑。苦口婆心，千言万语，只换来母亲两句话。第一句是：如果你爸爸在，你们还修不修？第二句是：我有钱，我自己来。

她只有两万块，当然不够，但她已经迫不及待叫人来搬出家具，揭去屋瓦。剩下的事，我只好接手。我与邻居商议，借地修路，方便挖掘机开进来推倒房屋；又与堂哥商量，买下他的屋基，好把房子修得宽敞一点；选择一个报价最低的施工队，择吉动工。

当年春节，我见到了修好的新屋。琉璃瓦，铝合金窗，铁皮门，水泥墙。有大堂屋一间，堆着旧板凳、旧桌子，正对大门的青灰色水泥墙上贴着一张毛主席画像。两边是卧室四间，屋中摆着旧床，铺着旧棉絮。后面是一间厨房、一间厕所和一个杂物间。厨房还是柴火灶，只有厕所中的热水器和蹲便器，显出一点新房的样子。晚上躺在床上，仰头看见横亘的屋梁和灰色的琉璃瓦顶。这一切如此陌生。屋外寒风轻啸，床上被褥寒冷。

我并不理解母亲何以要大费苦心建这么一栋并不常住的丑房子。是完成父亲的愿望吗？好像并无这样的嘱托。是为了向邻居夸耀吗？邻居都是一修再修的二层小楼，区区小瓦房，决计比不过，且最具冲击力的夸耀是到县城里买房……但不管怎么说，房子总算建好了，所有的墙壁都厚厚实实，门窗严丝合缝，风雨再也休想从墙缝中进来。体温暖和了旧被褥，我很快就睡着了。

装修是一点点完成的，历时三年。先是吊顶，接着刷墙，最后铺地。因为疫情，我从没回去看过，只负责按工期付钱。妹妹则花了大力气。她在重庆买了防滑地砖、调好乳胶漆，开车送回；在堂屋中布置了一套大沙发、一个大理石茶几、一台大电视，还买了一个自动麻将桌，平时当餐桌，拿下桌板就可打麻将。每个卧室都添了新床和新床垫，配上小沙发和床头柜。她还安了五台空调，堂屋和四个卧室各一台，寒暑不惧。总之，一切家具家电，完全按照城里人的标准配置。最后的装修是屋檐下的吊顶，2022 年 10 月 3 日，在母亲七十寿辰前夕完成。我四处检查，扔掉了最后一张母亲一直不舍得扔掉的旧床。

除了人是旧的，其余都焕然一新。

“修这个房子，前前后后花了十几万。”我对母亲说，意在讨好，意在向她说明，我和妹妹，还是很孝顺的。

“这是我的房子，”她说，“我要在这里老死。”

我的心一凉。以前的疑问，似乎有了答案。

父亲去世十一年。这十一年来，母亲不愿常住老屋，常说有鬼。她在镇上租房，去亲戚家借住，去老伴家住，偶尔也去重庆住，虽谈不上颠沛流离，也是居无定所。虽然，儿子在杭州有房，女儿在重庆租房，老伴在农村有房，但这些都不是她的。她需要在她生活了五十多年的熟悉地基上，建好自己的房子。

十一年来，我和妹妹一边恨她，一边讨好她。但她也许只感觉到了恨意，对我们的好意也抱有戒心，毕竟农村里，子女不养老人的案例太多。站在她的角度看，她的儿子，从小就忤逆，长大了定然不可靠。她需要一个自己的房子，在屋里她可以安心老去，没有谁可以赶走她……

那张扔掉的旧床，被刀斧劈成条，和烂门板和破板凳一起搁在墙角，淋了半夜雨。第二天，请来的办席人搭好露天大灶，到处找柴。他问："这堆柴看起来肯燃，可以烧吗?"我说好。他就把它们扔进灶里。这堆陪伴了我母亲五十多年的旧家具，这堆被我和我家人的体温烘烤过的老木材，这堆旧时光，就此化为烈火，熬煮出一锅卤菜，款待前来祝寿的宾客。

那天来了几十辆车，在村路上停了长长一串。有一辆车还不慎把大半个车轮开进路边土沟。幸亏人多，看的看，喊的喊，抬的抬，推的推，终于把它救了出来。有人说，真是热闹的一天。官塘湾好久没这么闹热了。

2022 年 11 月

猪与玩具枪

曾子之妻要去赶集，儿子拉着裤腿不让走。这女人没法，哄骗道："你回家去吧，等我回来杀猪给你吃。"一会儿，女人从集市上回来，看到曾子正捉住了猪要杀，她慌忙阻止，说："我只是给小孩说着玩的。"曾子义正词严地说："婴儿非与戏也。婴儿非有知也，待父母而学者也，听父母之教。今子欺之，是教子欺也。母欺子，子而不信其母，非所以成教也。"于是一头猪就这么上了餐桌，曾子家吃了一顿其乐融融的晚餐（也许是午餐）。

六岁那年，刚上一年级的我在集市上看中了一把左轮玩具枪，售价三元，回家便向父亲提出要求。父亲说："你要是期末考试考了第一，过年我就给你五块压岁钱，随你买。"我上学便格外用心，期末考试遂考了两个满分，拿了第一名的奖状，得意回家。我兴奋了十多天，大年三十一早便向父亲伸手要钱。

父亲面露难色。

他把所有的口袋都打开，几张纸钱摊在他的手中。他告诉我：全家的过年钱，现在不足五块，而家里还有纸钱、香烛等必不可少的东西要买。要是都给你，这年就没法过了。

一桩是古人教子的佳话，一桩是我童年的伤心事，两相对照，生出我不少感慨。首先感叹曾子家当真有钱，为了所谓的言传身教，一头猪说杀便杀，铁定是家富余粮的大奴隶主；其次感到委屈，何以吾父既无曾子的家产，又无曾子的觉悟？没钱便是没钱，考了第一也不给。假如两人相遇，嘴上不说，心里一定相互鄙视。曾子大概会笑吾父因小失大，“我老师说过，民无信不立；钱算啥呀，为了信用，第一个要放弃的就是它”；吾父大约会笑曾子迂阔，“那头猪还要喂肥了卖钱呢，竟然为了所谓的‘不欺’就宰了，败家啊”。

他们有很多事情永远不能达成共识，教子之道只是其中之一。因为各种原因而造成的阶层差别，是他们没法相互理解的根本原因。有人为了取悦儿子，花费的金钱，便是一百头猪也能买下；而贫困地区的留守儿童，仍视五元为巨款，眼巴巴地想了一个学期而不得。曾子们认为自己身处盛世，真诚地感叹“乾坤清朗，开辟以来，未之有也”；而如吾父一样躬耕南亩的蚩蚩之氓，只盼“雨我公田”的雨露，好歹分一点到私田上来。曾子没法理解吾父的生活困境，吾父也不能理解曾子精神上的宏大追求。他们永远不能深刻理解对方的困境、追求和价值观，同一个地球，却非同一个世界。

“还是一枚青涩的山果/岁月过早的秋歌将我收获/叠着母亲的哀怨父亲的忧愁/我便被生生地闷熟。”这是中学时一个爱好诗歌的校友写下的诗句。明白家里是板上钉钉的真穷之后，我便成了早熟之果，从此享有“懂事的孩子”的美名，这荣誉至今仍在村里传扬。以后的期末考试，我年年第一，但从未获得超过一元的压岁钱。大年三十的集市上，我能买得起的，只有 150 响的小鞭炮。我把它一个个拆开，一个个地放，从岁末放到年初。曾子家孩子大口吃猪肉的乐趣，我想也不过如此。

然而，仍有困扰。那次过年当然令人不快，除了一直惦记得而复失的玩具枪，一整年中我都处于忧愁状态：我担心失学，担心当乞丐，担心一觉醒来，发现自己被卖。等我终于有钱买枪，早过了喜欢玩具枪的年龄。童年的愿望，应该在童年实现；当时错过，遂成永憾。我现在还记得这么清楚，足见当年我怨念之深。

当然，这无关紧要。

长到吾父当年失信于我的年龄；长到我自己也有了孩子，需要在猪与玩具枪这两种教子观念中择一而从时，我就更加坚信，如果人生的遗憾仅此而已，如果人生深藏的忧愁仅此而已，那可真是幸福的一生了。

2016 年 9 月

父亲

1

大概是 20 世纪 90 年代初期吧，村里发生了一件大事。有一户人家的孩子考上了西安的一所学校，是大学还是中专我记不清了。毕业之后，那孩子留在了西安工作，有天来信说交了女朋友，准备结婚，过年时带回家让父母看看。

这户人家的父亲决定去城里看看孩子，看看未来的儿媳，不然，等人家上了门，婚事就等于板上钉钉，反悔也来不及。临行前，众人皆来道喜，说些开心话，无非是“你娃真有出息，晚年有依靠了”，“你砸锅卖铁供娃娃读书，还是很有眼光的”，等等。

他穿得破破烂烂的，和自己的弟弟高高兴兴地进城了。在城市中，父子相遇了。儿子指着衣裳破旧的父亲说："这是我的邻居。"又指着衣裳尚可的叔叔说："这是我幺爸。"

父亲不动声色，以邻居的身份，和自己的儿子及未来的儿媳一起吃了晚饭，然后道别。回村后卧病数月。

这真是一个悲惨的故事。

这个故事的后果之一，是村里人茶余饭后有了谈资，家里有成绩特别好的小孩，人们照例表示恭维，但又会开玩笑似的加一句：书不要读太多啊，书读多了忘了娘。我那时是成绩比较好的小孩，有人就会当着我父亲的面问我："你以后吃了城市饭，给不给你爸爸留一口啊。"

我照例不回答。

2

在十二岁之后，我对父亲的敬爱和崇拜，渐渐远去。十二岁，我渐渐不能忍受母亲粗暴的言语，开始还击；渐渐不能忽视母亲对奶奶的不敬，开始为奶奶出头。我们时常在吃饭的时候争吵，拍桌子，摔饭碗。我说母亲是不讲道理的泼妇，母亲骂我生性忤逆，迟早天打雷劈不得好死。在争吵中，父亲总是默默地站在旁边大口扒饭，或是默默走开，并不劝解，也不制止。我心中充满了失望和鄙视，然后暗暗发狠：“好，我自己来。”我不能忍受母亲的粗暴，因此以粗暴还击；我不喜欢母亲对老人的不敬，但自己也成了个不孝顺的人。

以后，父亲不断展示出他懦弱和失败的一面。因为母亲反对，他不敢给八十多岁的奶奶装电灯，奶奶和我们分灶独居，以煤油照明，每月卖鸡蛋换钱，直到 94 岁高龄时去世。他和村里人结伴外出打工，总是拿不到钱，往往带病而归；有一天他说在重庆凭一根扁担也能挣钱，发誓再也不到外面打工，因为，“命不好，总是遇不到好心的老板”。

就这样，父亲过起了农忙时种地、农闲时离家上重庆当“棒棒”的生活。差不多每个月中旬，他扛一根扁担、拿一根麻绳上重庆，十来天后，他又带着一百多元钱回来。这是我中学时代每月的生活费及每年学费的来源。

十三岁，我阴差阳错竟然考上了县里的重点中学，到离家 35 公里远的学校读书，每月回家带生活费和一罐咸菜。在我最叛逆的时候，避开了因为生活的重压而性情越来越乖张的母亲，缓和了母子关系，但是也更加不能明白父亲的苦。在十八岁之前，有一段时间，我非常抗拒父亲，尤其怕他穿着补丁衣服和解放牌胶鞋，戴一顶草帽突然出现在同学面前。我害怕家长会，害怕自己会不会也突然稀里糊涂地指着父亲对同学说："这是我邻居。"直到有一天，我读到一篇小说《包氏父子》，才发现，我竟然成了自己最痛恨的那种人。

2011 年 6 月，父亲节的时候，我守在父亲的病床前，看着他深深凹陷的脸颊和皮包骨头的手臂，想起年少时候对他的鄙视，想起每次家长会前内心的恐惧，心中充满悔恨。

3

在家庭中，父亲是一个沉默的人。我们父子之间的交流很少，他教育我的方式也特别。父亲高小毕业，识字，可以算账和签名，但不能写信。从我中学开始，他就宣称看不懂我的课本，不对我的学业说三道四。他说："我最在行的就是挑粪、锄地、插秧、打谷，但你看样子学不好。"十岁之后我开始跟着父母上山耕地，下水插秧。我挥三下锄头就跑到树荫下，看到小腿上的蚂蟥就惊慌失措地爬上田坎，父亲说："你吃不了种地的苦，以后谁给你吃饭。要是你不好好读书，将来就只有要饭，去当舔碗匠。”

我恨透了这种教育方式，但是，我也很害怕烈日和蚂蟥，怕一生皆如此。他们说起城里的生活都充满了向往，似乎是很美好的地方，那么，我不妨努力试试看。

初中毕业的升学考试，我考得一塌糊涂，第一志愿的中师没考上，第二志愿的中专也落了榜，只考上了不需要填报志愿的本校高中。经过激烈的家庭争论，广泛征求亲友及老师的意见，我得以入学。因为，在外地闯荡很久的邻居说，“出去打工的话，孩子还太小，不好管。再说，拿个高中毕业证之后，也能进个厂，多挣些钱”。

父亲说：“那我就再当三年棒棒，再供你三年。”他看着瘦小的我，叹一口气，“看你细胳膊细腿的，干活没出息；要是你读书还没出息，以后怎么活……”这句话对我造成了深刻的影响。原来我读书不是为了中华之崛起，而只是为了我的生活。

如今我在城市中，不偷不抢，无病无痛，自食其力，自得其所，富贵无望，衣食无忧，无大欲望，有小欢喜，不强求愿望的实现，也不害怕理想的破灭。对我这样胸无大志的乡下人而言，这差不多是最好的结果了。

如果有人问起，“现在你吃了城市饭，给不给你爸爸留一口”，我想我会回答，“我把我那一口也给他吃”。

可惜父亲来不及听到。

4

2011年6月，在重庆的大坪医院，有一天，此前一直安静卧病的父亲突然高声喊叫，他说肚子胀痛得厉害，似乎马上要爆开来。在等待医生的时间里，他紧紧抓住我的手不放，身体在床上痛苦地扭曲。母亲想上前捡起掉下病床的被子，父亲突然愤怒地说：“你走开！这下你满意了，我死了你最满意!”

医生来打了止痛药和镇静剂，他慢慢地安静了。

神志清醒之后，父亲要求我陪他下床走走，我牵着他走到病房外面的玻璃大厅里。他一手扶着栏杆，一手抓紧我的手，断断续续地向我哭诉，说母亲强迫他挑粪，要他自己打水洗衣，也不给做饭。“儿啊，我真的活不下去了。”他说。

“只有你说了她才听。”父亲说，“这次我好了，你要好好教育她。”

最后父亲说：“你不要恨你妈。她也吃了不少苦。你读书，她也有功劳。将来要好好养她。”

我握着父亲的手，看着对面大楼的玻璃幕墙映出了一轮夕阳，一点不圆，形状奇怪。它慢慢地移走，最后只剩下浅浅的晚霞。我心中感到无限的凄惶和寒冷，既没有哀伤，也没有愤怒。我心中有长长的疑惑，疑惑我们何以组成了一个家；疑惑我们何以要来到世上；疑惑明明是相爱的人，却要互相伤害。

父亲在 2011 年 7 月 6 日去世，并无遗言。他去世前我和母亲大吵了一架，几乎动手。

他都听到了。

5

在童年的时候，我们都喜欢玩“拼爹”的游戏，吹嘘父亲的神圣和伟大，渲染他的力量与责任。在《我的爸爸》的命题作文中，我们常用稚嫩的文字表达对父亲的崇敬。

稍后我们开始失望，觉得已父似乎不如他人。种瓜人之子羡慕杂货店主之子，愿意用瓜去换取酥糖和花生；录像厅老板儿子被众人艳羡，但他更希望父亲开了一家游戏厅。在叛逆的时候，我们又觉得那个叫爸爸的男人简直是天下最没用的，没有之一。等到我们长大，即使只体会到一点风雨如磐的滋味，才发觉，父亲原来真是一个值得夸耀的男人，童年时放胆的描述，几乎就是实录。

父亲去世之后，有好几个晚上我睡不着，睁眼想他的一生。我开始理解他的所作所为。他是个平凡的人，虽无丰功伟绩，但一生的浮沉，仍然惊涛骇浪。他小心地夹在家庭中间，忍辱负重，保留家庭完整，令儿子和女儿心智健全，健康长大。他竭己之力，做好一个农夫和一个苦力，为谷仓搬回粮食，为子女赚来学费，把所有的钱都交给老婆支配。人世间有虐待妻子的丈夫，他没有；有抛妻弃子的男人，他不会。他在村中广结善缘，去世之后，村中留守的近60岁的老人，慨然前来，颤抖着双腿把他抬上山。

换了我，肯定不能完成得如此出色。

父亲并不爱他的生活，所以才不希望我重复他的人生。有些事，我要秉承父志；有些事，我要比他做得更好。我是我父亲的骄傲，我也要让我父亲，成为我的骄傲。

6

那个一时糊涂的儿子，后来登门谢罪，除夕之夜在家门口跪了半夜，终于获准进门。父子后来言归于好。父亲穿戴着儿子买的大衣和帽子，上街赶集，背手看人写对联，像一个低调快活的地主。他有时候会到儿子的城市里去玩，带回一些奇怪的糖分给小孩，但最终没有住到城里。他在乡下度过余生，死后葬在村里。他的坟砌了水泥砖，竖起了墓碑，在泥土坟堆中很显眼。我小时候，一到春节，最喜欢到他坟头上捡没响的火炮。那时，上坟时有鞭炮，是件很奢侈的事，何况还有很多很多。

人世间的父子，有永世的恩，没有隔夜的仇。

2012 年 6 月

送别

1995 年，父亲送我到城里读中学。我们父子俩背着行李步行到集市，站在路边等进城的中巴车。父亲说，他不跟我一起进城了，进城车费要四元，到学校车费又是一元五，往返就是十一元，太不值得了。

你一个人去报名，行吗？父亲问。

我气鼓鼓地回答：没问题。

我一个人背着铺盖，拎着一口大箱子到了学校，交学费，找寝室，铺床铺，一切都很顺利。没有父亲，我也可以干好这一切，我得意地想。然而看着寝室中那些围着孩子转的父母，我还是感到黯然。

第二天中午，在教学楼门口，听到有人叫我，扭头一看，竟然是戴着一顶草帽的父亲。他说："我还是来看看你。你好好的，我就安心了。现在我回去了。"

我把他送出校门。学校的校门，对着一条倾斜的马路，父亲走出校门，向左拐到马路上，戴草帽的背影很快就消失不见。我走回寝室，是9月初，峡云池边茂盛的法国梧桐筛下斑斓的光影，池水之上，有燕子轻快地掠过。在以后的六年中，我在这个有山有水的学校度过了我的青春时光。每年夏天，都有无数的燕子飞来，停在横过池水的电线上。

2001年，我考上大学。父亲把我送到重庆的火车站。在买票的时候，他说他的票不能打折，往返太费钱，就不送我到学校了。

我理解父亲的想法，想节约钱，或者是怕给我丢脸。我早已不怕一个人的旅程了，然而还是想让父亲知道我未来生活的地方样子。“你不去看看我的学校吗?”我问。

“以后会有机会的。”父亲回答。

晚上11点钟，火车来了，检票的秩序特别混乱。没票的父亲也趁乱挤进了站台。我挤上列车，把一口箱子硬塞到行李架上，然后站在车厢过道上喘气。这个时候我看到站台上的父亲，起初他的目光焦急地搜寻，死死盯着车厢；随后看见我了，脸色一下子放松，右手微微地抬起，好像要轻轻地挥别。

列车慢慢开动，父亲跟着走了几步，一直盯着我；随后列车越来越快，我看见父亲跟着跑了几步。我转过身来闭住眼睛，不让眼泪流下来。再转过头来，只见空空的站台，“重庆站”几个字一掠而过。

2011 年 7 月 6 日凌晨，我为刚刚大便失禁的父亲换好衣服，擦洗完身子，疲惫地躺倒在堂屋的木头长椅上。睡去之前，听到了屋外的第三次鸡鸣。醒来时天色已亮。我突然发觉里屋的父亲睡得很安静，不再有令我束手无策的呻吟声。我起身到里屋，叫他，没回应；推他，没反应；鼻息已断，脉搏已无。我握住父亲的手，手心尚有余温。

我知道，这是永别了。这个世界上爱我并为我所爱的人和我永别了。近 30 年来，父亲无数次在村口，望着我的背影消失在一个名叫乌龟石的丘陵之后。每次离开，我知道背后有眼睛默默地盯着我，我从不回头看，因为我知道我可以回来。如今，我第一次送别父亲，就是阴阳相隔的永别。

父亲的葬时选在 7 月 8 日早上 6 点。墓地坐东朝西，附近此前一个坟都没有。父亲病重时，曾经说死后要葬在奶奶的墓地旁边，但是看风水的先生说父亲不宜葬于此处。父亲这个生前最后的愿望也不能实现了，他只能一个人长眠在这里。

棺木放入墓穴之后，按照惯例，应该开启棺木，由孝子摆正去者的头颅，务必使棺木中的去者端正而卧。我和妹妹下到墓穴中，揭开贴于父亲脸上的纸钱，这是我最后一次看到父亲的脸了。我一边摆正他的头颅，一边深深地凝望，想把这最后的面容，牢牢地刻在心上。

天渐渐亮了。西天起了一层厚厚的云，可是东边的山坡，涌出明亮的朝霞，又是一个炎热的夏日。我第一次认真地看父亲长眠的所在。周围都是玉米地，密密的青纱帐，还有十天，就迎来今年第一次丰收。西望，最远处是一派连绵青山，那是县城附近的西山，看起来很近，实际上很远。稍远处是一重重长着青㭎树的山岗，近处则是一重重种满玉米的丘陵坡地，波浪一般腾向远方。低低的谷地种满了水稻。丘陵之间，蜿蜒着一条修好了多年但迟迟未能硬化的乡村土公路，在夏天长满杂草。到处涌动着夏天繁盛的绿色，展现勃勃的生机，到处是一派岁月绵长、人生静好的欢乐气氛。看起来仍然那么好。

只是我知道，从此我的岁月里，欢乐不再那么完整了。

我并不特别伤悲，甚至在整个葬礼期间都没流下什么眼泪。人生是一场迎来送往的旅程，每个人迟早都要开始送别。这个时候，我仿佛了解了父亲让我独自去远方的良苦用心。不知他是不是要告诉我，有些路，只能一个人走。

父亲一生凄苦坎坷，虽没有经历沧海桑田的巨变，却是太平之世的苦命人，婚姻、家庭、事业，全部不顺，一生未曾享过半天幸福。在某种意义上，我是我父亲不幸的根源。如果我没有读高中、念大学，父母便不会因为我的升学问题而大动干戈；如果我早日外出，父亲便不必为了挣我的学费而糟蹋自己的身体……如今，这个为了我付出所有的人和我永别了。虽然我早已不惧怕一个人走路，然而，我还是好想和他一起多走几步。

父亲在他 29 岁的时候把我带到世上，又在我 29 岁的时候迫不及待地离开。他有好多好衣服没有来得及穿，有好多美味没来得及尝，西湖也还没有看。我再没机会给他买暖和的衣服，带他吃好吃的饭菜。这样也好，为这段父子情缘留个永不完结的尾巴，使我生生世世的梦中，常出现他的身影。

父亲生于 1953 年农历七月十二日，卒于 2011 年农历六月初六，享年五十八岁。

2011 年 7 月

未完成的葬礼

7 月 6 日是我父亲的忌日，2023 年是他去世十二周年。

十二年中，我有时会回想起埋葬他的那个早晨。我和妹妹走在最前面，一路抛撒纸钱。抬棺的乡亲，喊出沉闷的号子，借摇晃的手电筒光，行走在杂草丛生的泥土公路上。他们都不年轻了，一路上歇息了三次。主持仪式的老头叫我快喊，“人停，喊声不能停”。我喊了一句“爸爸，一路走好”，便哽咽得发不出声。天色未明，村庄一片死寂，路边的树森然似鬼，可能是黎明前最黑暗的时刻。脚下是凝结于草尖的露水，抬头是明亮的大星。

十二年来，有两种低沉的情绪不时来侵袭。一种是后悔：你有没有为了救你的父亲竭尽全力？一种是负罪：为什么你非要在父亲弥留之际与母亲争吵，你有没有把父亲推向死亡，你有没有使父亲死得更加痛苦？十二年的自我安慰、排解和疗愈，非但没有缓解这两种情绪，反而使它从小蛇卵长成大毒蛇，盘踞于脑，寄居于心，时不时出来咬我一口。

为什么要出院呢？医生并没有说百药罔效，他给出了治疗方案，只是比较昂贵。为什么不换个医院再看？也许换个医生就能有奇迹。为什么你不去借钱呢？你有很多同学、同事、朋友，你开口一定有人会借。为什么要赶走那个上门推销松花粉的老头？他说包治百病，你为何不信？民间偏方救过很多人，为什么不姑且一试？……

“万一有用呢？”

卖松花粉的老头离开时，极其失望，他站在门口，对我说：“你一定会后悔的。”十二年中，我不止一次后悔。我清楚地看见，我并没有为挽救父亲而倾尽全力，我并没有尝试全部的可能，我很轻易便放弃。我并没有像他爱我一样爱他。如果我是病人，他一定会为我走遍医院、借遍朋友、试遍偏方，抓住每一根可能救命的稻草，全力一试……

在父亲去世前三天，我和母亲爆发了最激烈的争吵。愤怒使我丧失理智，我踢翻了母亲面前的米箔，白花花的大米撒满一地。母亲则完全狂躁，她翻出了我和妹妹历年买给她的衣服，在地坝上一把火烧光，发誓再也不用“你们这两个烂货挣的钱”。

妹妹负气而走。我在没有窗户的屋中守着垂死的父亲，万念俱灰。屋外母亲的诅咒声声入耳，声声似刀，持续了很久。我站在父亲床前，我们很久都不说话。屋外是母亲的咒骂，屋里是安静的绝望。我甚至听到了遥远的鸡鸣，猫儿踩过屋顶上的瓦，血管在太阳穴跳动。

过了很久，我说：“爸，你听见了吧。这里没得啥好留念的……”我说得很慢，他一定能听清。那个时候，我只想着结束这一切，逃离这一切，逃到一个没有亲人诅咒我的世界里，了此残生。

父亲从这天开始不怎么吃饭，明显丧失了求生意志。去世前两天，他突然说口渴，想喝水，等不及水烧开又晾凉。他说喝点盒装的牛奶就行。我明明知道这种杂牌的牛奶并不可靠，明明知道空腹喝牛奶要腹泻，但仍心存侥幸，把牛奶插上吸管递给他。

他喝了，然后频繁腹泻。起初还能挣扎到马桶椅上，后来就完全来不及，直接拉在裤子里。我刚把他裤子脱下，擦干净身体，寻找替换衣物的时候，他又转头拉在床单上。最后，没有干净的裤子、没有干净的床单，他只能裸着下身睡在满是污迹的床垫上。我不停擦洗，筋疲力尽，仍不能消除满屋子的臭味。在他弥留之际，我加深了他身心的痛苦，甚至不能令他干干净净地离去。

他没有遗言留给我。他一定对我非常失望。

奇怪的是，父亲去世之后，我的运气突然变好。2011 年我当上了部门主任，2012 年遇上爱人，2014 年结婚，2015 年买房、生子，2016 年买车，2017 年住进了新房。从孑然一身，到“五子”皆备，那个曾经遥不可及的安居梦想，突然间全部实现。2019 年我当上副总编，跻身出版社领导；2022 年继续走好运，当上总编辑，一跃成为集团最年轻的中层正职。在每一个意义重大的欢乐时刻，在每一个本该有他而他缺席的场合，我的欢喜都变得残破。

而一想到这些好运，可能是我献祭父亲才获得的馈赠，我便更加自责。

父亲的坟地，是我从阴阳先生挑出的三块地中选的，位于一个高丘的中部，俯视着众多的浅丘和浅丘间的平地，视野很好。最远处是一面陡崖，乡村公路从悬崖最矮处穿过，这是村民出入的必经之路——当我归来或是离开，坟地里的父亲，都能第一时间看见。坟地土层很薄，半米左右就遇到了岩石，难以掘深，所以棺木埋得很浅。阴阳先生说，“不妨事，明年挑个时间把坟包了，砖石一砌，水泥一抹，保证稳稳当当，造福子孙”。但是每年都有不能动土的理由，比如没日子、家人怀孕、修房子、疫情回不去……十二年后的今天，父亲的坟地还是一抔黄土，长满尖细的茅草，葬礼的最后仪式——修坟，十二年后仍未完成。

十二年来，我和母亲一点点修复关系，从怨恨，到同情，到接受，许多事装作从没发生。我按照母亲的要求，把旧房子推倒重建，把母亲焚烧衣服的地坝和父亲痛苦腹泻的黑屋，连带屋顶被猫踩碎的瓦和从来挡不住风的墙，从这个世界扫除干净，在这个没有父亲的世界，好好生活。

某一年过年，我带着家人来父亲坟前烧纸。火光引燃了坟头干枯的茅草，风助火势，烟炎张天，站得很远都感受到扑面而来的热气。大火之后，坟后一棵桑树上露出一只悬吊的硕大南瓜，金黄灿烂，仿佛在发光。

“好大一个瓜，”我问母亲，“不会被火烤熟了吧？”

“这点火哪里烤得熟？南瓜费柴得很。”

“要不要抱回去？”

“屋头有的是，吃也吃不完，”母亲说，“就让它挂着，你看它像个大灯笼，挂着还挺好看。”

公路边走过一个老头，他大声说：“你们烧纸，好大的阵仗，我在那边都看到烟飘上天了。这是吉兆啊，你们来年一定红红火火，顺顺当当……”

2023 年 11 月

大伯

大伯一生最大的成就，是一砖一瓦建起了两栋大瓦房。

第一栋房屋，是为儿子而建。

爷爷传下的祖屋，是土改时从地主手里分来的，一共八间。兄弟分家时，大伯得四间，我家得三间，奶奶留一间。大伯有三子一女，人丁兴旺。家口众多带来的困境之一，便是居住空间捉襟见肘。随着三个堂哥渐渐长大，建新屋便成当务之急，毕竟湫隘之所，怎能获得未来儿媳的青睐，让亲家放心把女儿嫁入？旧屋左右皆邻居之屋，鳞次栉比，屋瓦相连，新屋的宏图大业，显然施展不开。于是大伯看风水、看日子，另选了一里外一个高敞的小坡建房。建房所需的石头，自己开采；所需的砖头和瓦，自己烧制。只有水泥不得不购买，但也需要沿着山路，一包包从集市上挑回来。1992 年，新屋落成。外表两层，光鲜亮丽；屋内却略显寒酸，因为钱不够，故二楼没有铺楼板。屋前坡地上，种了桃、杏、李；又请人在树下打了一口井，以免挑水之劳。一场还算盛大的乔迁喜礼后，大伯一家正式搬到此地，结束了与我家比屋而居的生活。

坡地上的桃李，第二年便开始结果。大堂哥和二堂哥的婚事，也很快敲定。

第二栋房，是为女儿而建。

堂姐嫁到十里外的界尺村。村子在一个山坳处，十几户人家挤挤挨挨地围成一个圈，下雨的时候，家家门口积水成潭。堂姐家的一栋旧宅在村口，地势低洼，积水所汇，环境更加潮湿。堂姐和堂姐夫两人打工赚了一点钱，便选在公路边建新房。堂姐夫父亲早逝，建房大计，全落在大伯肩头，一砖一瓦，均需大伯安排妥当。1995 年，堂姐家的新房也建好，青瓦白墙的两层小楼，坐落在通往县城的公路边上。比之周围的其他住宅，并不显眼，但比旧宅，却是好了太多。后来我到县城读书，常去堂姐家吃饭，吃完后端个板凳坐在门口；远远地看见乡村的小巴车摇摇晃晃开来，便抓起书包飞奔到公路边。不管车里已经装下了多少人，小巴车总是顺从地招手即停。

搬进这栋新屋不到十天，大伯便去世了。

事情发生得很突然。据堂姐说，白天刷了一阵墙壁，晚上吃过饭刚睡下，大伯突然惊醒，站起来便往外走。堂姐问他要干什么，大伯说要马上回家。堂姐说，明天再回，现在天黑了。大伯说，来不及了，我不能死在你的屋里。他急急忙忙开了门，一边穿衣一边往屋外走。堂姐拎着鞋追出来，看见他突然身子一歪，仆倒在屋旁的土沟里。堂姐把他扶起来，发现他已经完全没有了呼吸。

土沟新土松软，沟底还有新鲜的脚印和鞋印。鞋印是堂姐的，脚印是大伯的。堂姐一边哭一边喊："爸爸不想脏了我的屋，他不想脏了我的屋。"几乎崩溃。

以吾乡的风俗来看，大伯算野死，若不做法事把他迎回家，便永远是孤魂野鬼。两个堂哥在新疆，迎神回家的仪式，由我和四哥代行。我全身孝子装束，手捧遗像，走在白幡白衣的队伍前列，从堂姐家出发，步行十里，带领大伯的孤魂归家。唢呐一路，鞭炮一路。

葬礼由我父亲操办，孝子的礼仪，由我代行。棺材先入墓坑，撒上一铲土后再起出抬回，停在屋檐下，等待堂哥们回来后正式安葬。堂哥们迟迟未归。正当七月盛暑天，棺材里的尸体慢慢地发出臭味，村人经过，无不掩鼻而走。一天晚上，我去帮伯母整理大伯生前的药瓶，看见有黑水从棺材缝里滴下。

头七已过，父亲说，不能再等了，再等怕要出大事。最后他做主，叫几个村民，把棺材抬到坟地里埋掉了。第二天下午，堂哥们匆匆赶回，只能祭奠一座新坟。他们在火车站排了几天队，才买到回来的火车票，在火车上也花了三天三夜。

两栋房屋，耗费了大伯一生的精力，他自己却没能死在屋檐下。大伯去世时五十五岁，从他留下的药瓶看，他患心脏病已经有些年头。病入膏肓，还得勉力支持，这大约是所有因贫穷而努力的人，不得不面对的宿命吧。

有一年，大伯在我小学的门口卖桃子。课间时候我出校门上厕所，看见他穿着藏青色粗布衣服，背靠墙壁，背手站立，面前一篮桃子。他也看见了我，抓了两个桃子往我手里塞。我没有要，撒腿便跑，仿佛他要塞给我的是毒药。下午放学回家，父亲训了我一顿："伯伯给你桃子，你怎么不要？你是不是嫌弃你伯伯？他今天心痛得很。小时候给你把屎把尿，你翅膀还没长，骨头还没硬，倒先学会嫌弃人？"

"没有，"我急忙辩解，"桃子是用来卖钱的，我要了两个桃子，伯伯便少卖两个钱。"

父亲对我这个回答很满意。后来他原话转述给伯伯听，伯伯十分高兴，逢人便说他侄儿可懂事了，一连说了好几年。

只有我自己知道，当年没有接过那两只桃子，并不是懂事。我想吃桃子，但嫌弃大伯那双指甲缝里满是黑泥的粗糙大手。人生有好多无可挽回的遗憾，年少时的轻薄，便是其中之一。

2017 年 4 月

四哥

1

如果社会学家要在川东丘陵地带的农村中寻找一个光棍青年，用以研究农村贫穷男青年的婚姻困境，那么，我的四哥况正友，就是一个很好的案例。

伯父在世时，未能解决四哥的婚事。几次相亲都最终因为房子不够宽敞、四哥过于木讷而失败。伯父去世后，我父亲继续为此操心。我家在村里属于独姓，亲友很少，能够接触的资源本就不多，再加上世代贫农，家底单薄，无法吸引有女之家。伯父一家的房子，是砖瓦大房，外表二层，但第二层因为没钱，一直未铺楼板，等于始终是个半成品，女方亲族来看了都直摇头。时间一年年过去，四哥的相亲对象，从黄花闺女，到丧偶寡妇；从同龄女孩，到大龄老妇。全家人的要求，也从娶进门到倒插门。最后完全没要求，只要有女人肯要就行。

有一年，有人说，一个丧偶的寡妇有心再嫁。寡妇要养两个老人、两个儿子，其中小的不满一岁，生活很难。女方的条件是男方入赘，完全替代故去的丈夫，起到儿子、丈夫、父亲的作用。生育的子女跟原丈夫姓。这个寡妇跟四哥见面之后，难得没有当场否定，同意先接触。

第二天，寡妇叫四哥上门帮忙收稻谷。早上四哥经过我家门口，父亲满脸喜色，吩咐道："上门好好表现，干农活要舍得用力气。"

晚上四哥举着一个火把回来了，他走到我家门口，一脸疲惫，坐在门槛上就起不来。他说："幺叔，我很饿。我忙了一天，他们没留我吃晚饭。我怕回家被我妈骂。幺叔，我能吃了饭再回去吗？"

饭点已过，厨房里只剩半碗冷饭。这半碗冷饭掺了热水，加一个白水蛋，一碗干腌菜，一碟泡萝卜，就是当晚四哥的晚饭。吃完了，他说："幺叔幺娘，我走了。明天还要去干活，我早点回去睡觉。"

"去吧去吧，"父亲一边叹气一边说，"明天也要好好干活，说不定是人家考验你。"

第二天，他又早早去寡妇家干活了。地里的水稻收完了，四哥的短暂恋爱就又结束了。

那年他大概二十四岁。

2

2017 年，四哥终于结婚了。他给我打电话报喜。结婚的对象是六十岁的老妇，丧偶多年，有一子一女，还有两个孙子：分明是找了个老伴。

我一时说不出话来，勉强说了恭喜。挂了电话，马上给大堂哥打电话，问："怎么找了个年龄这么大的人?"

大堂哥直叹气："没办法呀，你四哥没人要啊。有一个肯点头已经不错了，轮不到你四哥挑。"

"两人年龄差距这么大，女方先走了，对方的子女肯定不会养他，老了四哥怎么办?"

"我们现在不考虑这些问题，先趁你细伯伯还在，把婚结了。这些问题以后再说，现在不要计较。"

年底，我在村里举办婚礼。四哥带着四嫂来了。四哥穿着笔挺的青布衣服，脸上带着我见惯的天真而胆怯的微笑。四嫂是个脸圆肚子也圆的胖妇，她大大方方地拍着肚子："这里都是肉，不是娃。娃儿是生不出来啦，大家都同意不生的。”一笑，皱纹全部堆在眼角，即便刚刚染黑的鬓角也掩盖不住衰老的痕迹。我叫了她一声四嫂，把亲友刚刚送给我的新婚祝福，加倍送还给她，真心希望她能够伴随我四哥走完人生的最后旅程。什么年龄，什么身份，我们都不计较。

两年后，伯母去世。

3

五六岁的时候，伯父一家还与我家隔墙而居。两家大门各开一扇，入室后隔墙而居，声息相通。屋瓦之下，共有一个老人，四个中年人，六个不同年龄段的小孩：正是我们这个单薄家族人丁最为兴旺的时候。夜晚的照明，还靠煤油灯，四哥在昏暗的灯光下琅琅读书。我听到声音，循墙摸黑而至，坐在小板凳上，等待他读完课文后和我玩耍。不知何处来的微风，吹得煤油灯的火苗轻微摇晃，四哥埋头的影子、我抱膝而坐的影子，映在乌黑的墙壁上，随着灯火轻轻摇晃。

七岁的时候，我到乡里念小学。上学之路要经过四哥就读的村小。村小位于一个高坡顶上，周围是水土流失后裸露的青石。东西两排瓦房，一高一低，南北两堵围墙，各开一门，围成一个小院，就是这所学校的全部地盘。四哥一生中全部的求学生涯，都在这个高坡之上的学校中完成。他带着我和几个同龄小孩，穿越崎岖的田塍和山岭，避过气势汹汹的家狗和野狗。在坡顶，山路已尽，他指着坡下一条蜿蜒的灰色马路，说："走那条路，前面都是大路了，放心走。要小心车，走路莫走中间。"

小学毕业后，四哥没再读书，跟随两位堂哥去新疆打工。从收棉花，卖棉花，到最后开了一个小店弹棉被。为了造房娶儿媳，伯父一家搬离村子，另找一个宽敞的地方建了房子，不再与我家邻居。自此两家人虽仍旧同处一村，但各自奔忙，相见日稀。一天晚上，我突然听到四哥在门口喊我父亲，声音非常惶急：

"幺叔，幺叔，我爸爸死了。"

父亲急忙下床，开门出去。父亲说："你进屋来说。"四哥回答："我有丧，我妈叫我不要进屋。"我起床走到窗前，看见四哥穿着单薄的衣服，哆哆嗦嗦地站在屋外，明明是盛夏，他却好像很冷。电灯光从大门射到地坝上，在地上描画出一个昏黄的长方形。

4

2020年10月，我趁假期回乡，在村里的公路上看到一个佝偻着背的老人踽踽而行，定睛一看，是四哥。我大吃一惊：他已成一个干瘪瘦小的老头，脸瘦得可怕，完全是一张皮蒙在骷髅上。

我问他："你怎么在这里？怎么变成这个样子？"

原来，2019年12月伯母一下葬，四嫂就坚决地和四哥离了婚。四哥两手空空，一个人回到没有了母亲的家，开始独居。

大部分时间他一直在新疆打工，收棉花、弹棉花、卖棉花。种地种菜，四哥不会；修路、修桥、挑土方……乡下能够找到的都是重体力活，四哥不能。

米，各家讨一点；菜，各处扯一点。

村书记给他申请了低保，每月300元。同时叮嘱不要声张，因为他才40多岁，正是年轻力壮的时候，按理不够格。

他没有积蓄，两位堂哥都在新疆，没法照顾，偶尔给一点钱。

"你是生了什么病吗？怎么这么瘦？"我问。

"不知道，没钱去看，"他说，"我现在吃什么吐什么，什么都吃不下。有天吃了饭，吐得差点死掉。"他又掀开裤脚，露出细麻秆一样的腿给我看，"现在这条腿也快没有知觉了。我觉得我快要死了。"

我安慰他："恐怕不是什么病，你是吃了不干净的东西食物中毒了吧？好好调理下肠胃，应该没事。"

我问他要去哪里，他说要去找二舅借钱看病。我打开钱包一看，只有 600 块钱，全给了他。又把他拉回家，想让他好好吃一顿。等家里做好饭，叫他吃饭，却找不到人。我到处去找他，在村里喊了一阵，不见回应。有人告诉我，看见他沿着公路往集市的方向走了。

此后我再也没有见过他。

5

2021 年 11 月 4 日，母亲打来电话，告诉我四哥死了，已经下葬了十余天。具体的死亡时间无人知晓。乡里发放低保的工作人员打来的电话他没接，村书记打来的电话他没接，远在乌鲁木齐的哥嫂们打来的电话他也没接。邻村的亲戚抽空来看，打开门，才发现他已经死在床上多日。

"幸好不是夏天。"母亲一再说。

葬礼的细节是母亲转述的：两个哥哥都没有回来，回来的是两个嫂嫂。买了隔壁村一个老婆婆不想要的薄棺材，800块。丧葬费是村里出的，抬棺上山的人是村书记喊的。花圈有的，鞭炮一路送人上山，礼节周全，啥也不缺。

在富足充盈的时代，我的四哥贫病而死；他的兄弟众多，但他还是孤独而死。在秋风渐起、阳光明亮的杭州，黄叶银杏，绿叶香樟，各种颜色的树叶正在努力装点城市。路旁密集的栾树，从树梢头上长出红红黄黄的伞状花，像聚在一起的小灯笼，相亲相爱。我想起往事，想起一个在晃动的煤油灯下读书的童年，想起一个躲在门背后哆哆嗦嗦前来报丧的少年，想起他指着山下的公路对我说"放心走"，想起他拉起裤管对我说"我可能快要死了"。在2020年10月，上天曾给我一个拯救他的机会，但是我没有珍惜。在他弥留的时候，他有没有想起谁？有没有埋怨我们对他不管不顾，未曾施以援手？

三位堂哥中，四哥与我年龄最接近，性格也最相似。我们都内向，不爱说话，记不清村里名字相似的长辈和辈分复杂的老人，所以干脆不喊；我们都瘦小，挑不动水，握不稳锄，栽秧打谷，样样干不好：于是我们都获得了莽子（傻子）的评价。不同的是，我读书成绩好，显然不傻，只能说我“清高”“傲气”。四哥没有我幸运，他一辈子都笼罩在“傻子”的评价之下，得不到任何有女之家的青睐。他脸上老是一副天真且胆怯的样子，学着抽烟，学着喝酒，努力融入，动作笨拙。他给围在一起闲聊的男人散烟，力图参与社交，但有人散烟时故意跳过他。他生于 1977 年，卒于 2021 年。我倒宁愿他是真的傻，始终天真，始终胆怯，始终没有看清世人加之于他的卑劣恶意和无情嘲笑。

高坡上的村小，在我整个童年时期都是四野八乡的地标建筑，但二十年前已招不到学生，撤校并点后更彻底荒废。周围的农民来取砖取瓦，很快将学校夷为平地。有人运来土石，砌成梯田，种起花生、土豆、玉米，几年时间就把一块贫瘠荒坡变成膏壤。行人路过，若非明人指点，绝不会知道，这个作物茁壮生长的地方曾经有一所学校。

2021 年 12 月

落日故人

低头思故乡

小孩子长大成人

也会到城里谋生

一个时代悄然来临

龙凤小学

我的启蒙老师是个胖胖的美妇，一头时髦的鬈发，在乡里极不常见。她叫李幸福，原是个理发师，在集镇上开了个理发店。学校并无幼师，学前班儿童无人照看，遂将她招为临时工，聊以塞责。她上午教我们折纸青蛙、搭积木，下午开店理发。后学前班整体升入一年级，仍无老师，于是她就顺理成章，当了我们的班主任。上午照常上课，下午继续理发。对我们而言，老师仍然是那个老师，教的仍然是“阿伯吃的”，仿佛学前班的美好时光，延长了大半年。

一年级下学期，李老师辞职，关停了理发店，到城里和丈夫团聚。新的班主任姓万，虽是个正规的教师，仍有副业，他在集市上开的是家食品店，酱油、豆瓣、辣酱是主销产品。午饭时，孩子们从大饭篼里端出自己的大搪瓷碗（里面全是白饭），穿过洒满菜帮子的大街，去老师的店里买五分钱的豆瓣酱当菜。夏天，豆瓣酱里会钻出白色的小蛆虫。我通常耐心地等这些蛆虫全部爬出，再用筷子一一挑出，当场处死；有的同学却满不在乎，直接就拌在饭里，大快朵颐。

万老师很怕学校的教务处长，恰恰教务处长的儿子又在我们班。他成绩不错，历次大小考试，名次多在七八名之间，很难再进。某次期中考试，他坐在我前排，监考的万老师，把我的答卷拿起来，一个个念给他听。最后，他考了个第二。万老师大喜，教务处长也很欣慰。

升入三年级，班主任又换了。这次是个刚从中师学校毕业的、多才多艺的年轻人，姓李，很瘦。他除了教语文，还兼教书法、音乐。第一次上音乐课，他用学校唯一的一台脚踏风琴给我们伴奏，细长的十指在琴键上跳动如飞。我们围在周围，对他视若神明，从此谈起他来都尊敬有加，打算赏给他的外号自然不敢再用。因为家在外地，学校给了他一间不足二十平方米的宿舍。一口锅、一个灶台和一个煤气罐放在门外走廊，一大碗一小碗则倒扣着放在床头。午饭是学校食堂提供的职工餐，晚饭则需要他自行烧制。有次课间，我见到他举着一把锅铲，把铁锅铲得哗哗响，跑过去一看，他正在费力地铲除锅底一团黑乎乎的东西。原来昨天晚上他煮面皮，忘了关火，把面皮全烤成焦炭，牢牢粘在锅上。

三年级开始学写作文。某次我写了一篇描写月夜的文章，大赞月光皎洁、星光生辉，星月交辉，真是令人迷醉的夜晚云云。他在课堂上把我这篇作文念出来，说我语言丰富，用词华美。我正沾沾自喜，突然他话锋一转，严厉地说："可惜是假的，只能得零分。"我自然不服，涨红了脸问原因，他说："月圆的时候你好好看看，你看天上还有没有许多星星……"

下一个月圆之夜，我认真地看了夜空，第一次意识到了月明星稀的自然规律，也第一次明白，文章欲得高分，第一便是诚实。以后每次提笔，仿佛就听见他讥刺的声音："可惜是假的，只能得零分。"

一年之后，这位年轻的老师辞职走人。

新的班主任姓邬，已经临近退休，他一头白发，高鼻深目，显得既慈祥又凶恶，加起来，就是喜怒无常。他刚刚送走一届毕业生，培养出了吾校有史以来第一个考上重点中学垫中的学生，一时成为吾校名师。他教出的高材生，成为吾校传说，也是他衡量学生素质的标尺，教育学生，言语间均以该生为例。半年之后，他得出结论，本届学生中正常情况下不可能有人考上重点中学，除非出现奇迹；同时，我是本届学生中最有希望实现奇迹的人，但需要磨炼。

磨炼的结果，就是我挨了许多次打手心。邬老师因材施教，平日随堂测验，以 80－100 分为标准，给不同层次的学生下达目标；倘若达不到，差一分便打一次手心。我不幸被划入 100 分行列，有次只考了 85 分，足足被打了 15 下，手掌肿得好几天拿不稳笔与筷子。

这是我小学生涯中挨打最多的两年。

两年后，邬老师小女儿卫校毕业，留在城里工作，本来是好事，但她嫁给了一个同单位的离婚男人。邬老师觉得这是奇耻大辱，严词拒绝女儿女婿登门，还觉得所有的人都在背后对他指指点点。于是，这个一生都在教书育人的老师，在校领导的极力挽留中，坚决退休了。似乎女儿的婚姻，摧毁了他多年以来苦心经营的知识分子形象，令他万念俱灰。

最后一位班主任姓徐，是一个暴脾气的四十多岁男人。徐老师常用的口头禅就是“气死瓜儿猪一条，烂草蛇一根”，以此痛骂不听话的学生。他打骂过许多学生，问候过学生们的几乎全部的家族女性。几位同学多年后提起他，还耿耿于怀。但他对我好，不仅从未骂过我，甚至还借钱给我缴纳报名费，鼓励全无信心的我再试一次，参加重点中学的招生考试。结果，我实现了邬老师口中的奇迹，成为本校第二个入读重点中学的学生。

我毕业一年后，学校校舍在一场大雨后倒塌了一半，幸好是慢慢倒的，师生得以从容撤离。自此校区荒废，只剩高大的梧桐树；学生只能四处租房借读，直至三年后方才得到拨款，重建为三层楼的新校舍。2000 年左右，地方乡镇迎来撤并高潮，吾乡被并入杠家乡，我的小学也从乡级中心小学变成村级小学，校舍虽新，师资和学生都大不如前。

龙岗小学，最热闹的时光就此过去。

启蒙老师李幸福，后来我在中学里还见过一次，仍是一头时髦的鬈发。据说她老公因经济犯罪刚刚入狱，她来找一个领导，盖一个证明章。万老师继续当老师，也继续开食品店。邬老师和徐老师则在 2000 年前后去世，如今墓木已拱。唯一未知下落的，是当年年轻的李老师。他辞职之后，不知所终，按其年龄，今天也不过四十余岁，正该是年富力强、春风得意的时候。

2015 年 9 月

气死瓜儿猪一条，烂草蛇一根

1

小学五六年级时，教我们的老师共有两位。一位教数学，另一位是班主任，教语文、自然、思想品德、书法等其他所有课程。

他有千般好，唯有一样恶：就是喜欢骂人。一发起火来，就瞪圆了眼睛，怒气冲冲地痛骂："气死瓜儿猪一条，烂草蛇一根。"更怒的时候还会骂："你个打嫩颠的，狗日的，畜生。"

他的儿子跟我同学。我问，你爸爸在家里是不是也骂人啊。他说，当然骂，还更狠。

不光骂，还动手打人。一巴掌、一拳都是轻的，一脚踹翻学生，也极平常。学生躺在地上，半天爬不起来；

鼻青脸肿地回到家中，父母反而高兴，赶集时来到学校，低着头感谢老师严厉的管教。

有一天，不知因为什么事，一个女生惹火了他。他痛骂了一阵之后，命令女生站在教室门口，全班同学，不分男女，必须上去给她一个耳光，才准回家。

那女生站在门口，五十多个同学排着队，逐一去扇这个女生的耳光。大部分同学，指尖轻轻掠过女生的额头，像是无可奈何的安慰；几个男生性格轻佻，故意拿手掌去蹭女生的脸；有一个胖男生，毫不客气地执行了老师的命令，他狠扇了女生一巴掌，打得女生扑倒在地。

人性如人面，一开始就分出了不同。

整个过程，女生没有说话，也没有哭，被打倒在地时，也很快地爬起来。眼睛始终盯着地面。

第二天她照常来上学，好像什么也没有发生。好像这样的遭遇，对她而言，根本不算什么。

2

农忙时帮老师干点农活，是乡村学校的惯例。某年轮到了我们。二十多个男生，早上从家里带了镰刀、扁担、背篼等（此前已经分配好），到了老师的稻田里，开始收割水稻。割稻、脱粒、束捆、将稻粒运到晒坝……学生们幼承庭训，不难轻松完成。但是到吃午饭时，出了一点小插曲。餐桌上摆了好几盘肉，都是刚从集市里买来的新鲜猪肉，其香无比。农村孩子，一年除了过年时节有机会大快朵颐，平时甚少遇见新鲜猪肉。一大半同学已经三月不知肉味，脸有菜色，一见猪肉，早忘了任何礼仪，顿时开抢。你抢我夺，跌碎了好几只碗碟。

老师冲上来，对着抢得最厉害的男生就是一记耳光。他的儿子端着饭碗站在一旁，也被一脚踢翻。白生生的米饭撒了一地。

大家都呆了。

3

平时考试，我稳居年级第一，且分数遥遥领先，但小升初考试大失水准。成绩公布下来，两科总分 240 分，我只考了 170 分，居于年级 50 多名。其中语文只有 60 多分，不到及格线。

他第一个不相信。

“怎么可能呢，”他说，“你这个成绩，连镇中学都考不上，只能去读乡中学，混个毕业证。肯定是分数有问题……”

他给我出了好几个主意。我却不知轻重，满不在乎。回家告诉父亲，父亲说，考到哪里就读哪里，命该如此。

几天后，我在集市上闲逛，遇见了老师。他把我带到学校的办公室里，拿出20元钱给我：“垫中今年跟以往不同，不按统一的升学考试成绩招生，要单独组织考试。170分以上的都有资格报名，报名费15元。我们的报名点在杠家小学，你拿着这个钱和成绩单，赶紧去报名。另外5元算车费和饭钱，路上买个包子吃。”

他把我送出校门，对我说：“这次考试要好好考，我对你抱有很大的期望。”

一个月后，考试在吾县的重点中学举行。总分200分，我仍然考了170分。不同的是，录取线是169.5；我以孙山之名次，踏入了吾县的重点中学。我是该小学有史以来第二位跻身重点中学的优秀毕业生。后来我才明白，这是我人生中最重要的一场考试，引我走上了另一条完全不同的路。

六年后，我拿到了大学的入学通知书。那个夏天我在集市上遇到了他的儿子，我告诉他，我想去他家拜见老师。

“我父亲已经去世一年多了，”他说，“是肝癌。我们早觉得他的肝有问题，正常人哪来那么大的火气？一直劝他看一看，他偏不听……”

4

自他送我出校门之后，我就没再见过他。但我常常想起他，想起他送我去报名时的期望，想起他骂人的那句“气死瓜儿猪一条，烂草蛇一根”，也想起那个站在门口等待同学排队来扇耳光的女生。人间就是如此，往往是并不那么完美的人，推动我们走出人生关键的一步。功过不能相抵。我记得他们的恶，也要记得他们的好。

我的小学母校有一个威武的名字：龙凤小学，但并无龙凤从此诞生，不过是平常的一群人短暂停留。后来校舍垮塌，一度废弃。据说它是慢慢塌的，不仅没有伤人，还留出足够的时间让师生抢出桌椅和书籍。

它到底还是一所善良的学校，只是还没来得及听到我的感谢，就转身走远了。

2015 年 9 月

姐姐

小兰姐要出嫁了，家里天天都在打制床、柜子、板凳等家具。白天，刚刚上漆的洗脸架孤孤单单地立在地坝上晒太阳，预备干透后送到十里外的男方家；夜晚，请来的木匠师傅仍在灯下刨片敲钉。这是吾乡的风俗：女方要陪嫁全新的家具，所费不赀。假如家中有四五个女儿，当真是要令小康之家家徒四壁。

晚饭后，小兰姐不再教我读“一二三四五六七，七六五四三二一，七个妞妞来摘果，七只篮子手中提”。她关心的是正在制作的家具。未婚夫有时候也来看看，两人站在一起，对着家具指指点点。照我看来，男俊女美，简直是完美的搭配。

这场木作活动，一年后戛然而止。那男孩考上了兵，要去服兵役，服完兵役会分配工作，这就等于跳出了“农门”，拥有远大前程。男方父母立刻上门取消了婚约，他们说：“我家娃儿会娶到更好的媳妇。”

幺叔气红了脸：“考个兵而已，尾巴就翘上天，还看不起人了……”

对方毫不示弱，声音也有十足底气：“你也有儿，你叫他考一个来看看？我看你拿钱去塞，人家也不得要……”

之前一件件送到男方家的各式家具，一股脑儿地全送回来了，挤挤挨挨地站在地坝上晒太阳。十九岁的小兰姐坐在一张新凳子上，无声地抹眼泪。

一年后，小兰姐风光出嫁。新郎是城里人，年龄也是二十岁。做媒的人是小兰姐的大伯，他早年进城开货车，自此入城。父亲进城去喝了喜酒，回来说：“这个娃可比第一个好多了。家里就一个儿，房子是单元楼，好大几间，背后就是凤山公园。”

这个背靠凤山公园的房子，后来我登门入室过好几回，喝过水，但没吃过饭。幺叔娘有时候会叫我给小兰姐带点鸡蛋、大米、红薯等物，有时候甚至是一罐咸菜。房子很大，客厅里挂着一幅巨大的黄果树瀑布画，也许是因为隔山太近，我总觉得屋里很冷。小兰姐一手抱着小孩，一手递给我一只苹果，告诉我：“这东西好，快吃。”

一切都很好。

天有不测风云，2002年，传来了她因贩毒入狱的消息。原来她丈夫后来到重庆做生意，与另一个女人同居；丈夫要小兰姐在家照顾小孩，却一分钱都不给她。小兰姐知悉内情，吵闹之后，只想自立，在丈夫家亲戚介绍下，到云南去打工。第一份工作是从越南边境带玩具娃娃回中国，一趟便分得了一万多块。第二年，亲戚又来招工，丈夫便亲自把她送到了云南。在边境，缉毒警察从她随身携带的玩具娃娃中搜出了毒品，分量不小。

尽管小兰姐一再说自己毫不知情，但还是被判刑十二年。在羁押期，据说有“内行人”来向幺叔传话说：你女儿贩毒超过了50克，罪大恶极，应判死刑。你们赶紧凑一笔钱去走走关系，争取宽大处理。幺叔宁可信其有，不敢怠慢，东拼西凑了七万元，按照指示交了出去。

十二年刑期传来，幺叔长出了一口气：“命总算是保住了。”

我听闻此事，又愤怒，又无奈。可怜这七万元血汗钱，不知道落进了哪个骗子的腰包。

有一年正月初三，小兰姐的丈夫带着小孩来给外公拜年。席间，有人借着醉意，质问她丈夫：“你事先知不知道你亲戚在运毒？你是不是故意送我堂姐去的？”

他没有回答。

2012年，小兰姐刑满释放，于春节前回家。那年春节，吾家空无一人，我吃住均在幺叔家，小兰姐做饭、扫地、洗衣，忙里忙外。除夕那天，她十八岁的儿子也来了。晚上我们打扑克，她给我们准备了花生、瓜子和红薯干；临近午夜，又从厨房中端出汤圆当夜宵。

不做这些的时候，她就和自己的儿子坐在沙发上看电视，两个人一直手握着手，似乎要把被耽误的时光，一一找回。到凌晨了，她叫儿子去睡，儿子摇摇头不愿意。时钟敲响，屋外鞭炮声大作，有人燃放了一支大烟花，“轰”的一声冲到天空炸开，使暗夜有了一瞬间的七彩光明。总算有一个团圆美满的辞旧迎新之夜。

她比同龄人看起来要年轻得多，十年的牢狱，只使她的脸色苍白了些。

那年春节过后，小兰姐到了重庆打工。她本来欲到浙江，找个制衣厂，因为她在狱中一直做缝纫。但幺叔这次坚决不同意，他说，要打工最远只能去重庆，再远不行。后来，小兰姐又找了一个四十多岁的男人。毕竟她也才四十多岁，还有漫长的后半辈子，要找个可靠的人，好好地过。

我一直记得的情景是：一男一女并肩站立，对着正在制作的家具指指点点，似乎要把对未来生活的期望，预先灌进这些木具中去；也无法忘记，她坐在挤挤挨挨的家具中间，无声抹泪。虽然很不厚道，但我要坦白说，我希望那个考兵出去的男人，一辈子都打光棍。

当然，事实上那男人过得很好。他转业之后分配到西安，据说后来成了干部，把自己父母都接到了城里，大享清福。

2017 年 1 月

爱情故事

黄亚琴的第一份工作，是在糖果厂里包糖。她和七八个女工干了两个月，包了几万颗糖，最终一分钱都没有拿到。第一份工作就白干，出师不利，未免太不吉利，其他女工自认倒霉，陆续放弃；黄亚琴却决心讨回这几百块。

一哭二闹三上吊，这样的方式，黄亚琴是不用的。她直接来到老板的办公室里，也不说话，靠在门口的墙上，并不在乎进进出出的人诧异的目光。站累了，蹲下；蹲软了，再站起来；目光却一直跟着糖果厂老板，既有乞求，亦有哀怨，更不乏仇恨。到了中午，她掏出馒头，就着一瓶淡盐水咽下。

每次都是这位老板先沉不住气。第一次他很凶狠地骂，还叫人赶她；第二次动上了手，给了一耳光，踢了一脚；第三次视若无睹，自顾自打电话，下班锁门；再后来他就很无奈，说："你又来了，我没有钱给你，你来十次八次都没用。”

每次，她都回以同样的一句话：“这是我的工资，我干了两个月，我该得的。”

第八次，糖果厂老板终于投降。她一到办公室，对方就说：“我怕了你了。钱我给你准备好了，喏，都在这里面。”他拖出一个大麻袋来，扔在讨薪者面前，叮当作响。原来是一麻袋硬币。

“你要就是这一袋；不要，那就毛都没有一根。拿了赶紧给我滚。”

黄亚琴蹲下身来，打开袋口，仔仔细细地检查了一遍，确认里面都是硬币，没有铁块、砖头等掺杂其中；然后她解下发绳，扎紧袋口，说了声“多谢”，就拉着麻袋回家了。

回家之路，十分艰难。单是把麻袋拉出厂房，就已经累得半死，何况距离她租住的房子还有四五里。货车呼啸而过，道路上灰尘四起，她拖着大麻袋，走走停停，不时停下喘气，顺便抹掉不争气地流到脸上的眼泪。

恰在此时，有老乡经过，上来帮忙。两个人一人拽着一头，合力把这个装满硬币的麻袋搬回了家。

在此之前，他们只在来时的车上见过一面；在此之后，两个差不多年龄的人相爱了。他们住在了一起。装满硬币的麻袋放在床下，陪他们走过好几处出租房。有时候他们一起做饭，买菜的时候，就从麻袋中抓一把钱出来。他们十八岁的时候先偷偷生了第一个孩子，两年后再回乡领证、办婚礼，然后正大光明地生了第二个孩子。两个人进厂出厂，做过七八种工作；还摆过地摊，卖老板当作工资抵给工人的皮鞋和钱包。2014 年，因为大儿子要回户籍地念中学，夫妻俩在县城买房落户。他们决定不再外出，在此定居，把孩子教育好，顺便在县城中做做小生意，“人生，是该有新的阶段”。

我去祝贺乔迁之喜。黄亚琴喜气洋洋，合不拢嘴。闲聊时，谈到夫妻俩在尘土飞扬的大街上抬一麻袋硬币回家，她大笑着说：“当时我绝望得很，又气又恨。就算是只狗，只要肯帮我搬钱，我也毫不犹豫地嫁了。幸好来的不是狗，而是你表姐夫这头‘笨猪’。你表姐夫是个老实人，钱是赚不了几个，但不打牌，不打人……我运气总算是好。本来是个倒霉事，结果竟然不坏。每当想到这点，我就睡着了也要笑醒。”

表姐夫坐在一边，憨憨地笑。

那一麻袋死沉死沉的硬币，算是夫妻俩合力挣回的第一笔钱。他们没有数到底有多少，在他们第一个孩子满月的时候，全部用完。

2016 年 9 月

小虎队与表哥

2010年，我的表哥三十九岁。

从小，他就是一个聪明的人。在班上，总是有很好的成绩，很早就开始看各种小说。他可以把拆掉的钟表和收音机重新装好，也可以用铁丝和竹子做手枪，他可以削木为剑，伐竹制笛；上树捕鸟，下水摸鱼。我们表兄弟们都崇拜他，觉得他无所不能。

十六岁，他初中毕业。那个时候，村子里已经有无数的年轻人外出打工，带回来钞票、外地的糖果、城市的衣服和一些发音奇怪的词语。外出，打工，挣钱，是大家都在走的路。舅舅和舅妈打点了行装，把还没有获得自己身份证的表哥送出了家门。七八个年轻人结伴远行，他们要步行十里，走到山外的公路上，坐一辆破烂的客车，颠簸一个小时到县城，在县城的车站里乘坐去重庆的客车，三个小时到达重庆。在这里他们坐上火车，在车轮与铁轨咣当咣当的交错声中，来到一个叫温州的地方。

不久之后，他来信了。舅妈叫我把信念给她听。在信中，表哥说他在一家鞋厂做鞋，一周有四五十元的工资，如果多加班，可以拿到七八十元。老板提供了伙食和住宿，这笔钱简直花不完。

舅妈脸上都是笑容。“这下可好了，”她说，“可以节约存好大一笔钱，娶媳妇，盖房子，啥都有了。”然而她忽然流下了眼泪：“造孽哟，娶媳妇的钱都要自己挣。”

春节的时候，表哥回来了。他买了一台大录音机，还有一大箱录音带。在自己的屋子里，他贴了不少花花绿绿的俊男靓女。正对床头的那张，是三个笑容满面的大男孩。

“这叫小虎队，”他对我说，“现在在台湾很流行。你看看我的头发，跟他们一样是中分的。”他不仅带回了外面的糖果和词语，还带回了城市里流行的文明。不光头发，连衣着打扮，表哥都在竭力学习这三个与他年龄一般大的男孩。在录音机里放出歌声的时候，表哥会跟着大声哼唱。我对画面中的这三个男孩产生了无限的好感，因为他们和我的表哥一样的衣着，一样的头发，甚至是一样的笑容。

他们和我的表哥一样光彩照人、神采飞扬。

再见到表哥已是我考上大学之时。母亲要我在外公外婆的坟前烧纸，传递喜讯。放鞭炮的时候，舅舅一家也来了。刚从一场严重的肝病中恢复过来的表哥神情憔悴，头发干枯，挺着一个大肚，手里牵着他的孩子。这个十岁的孩子，当年出生的时候没有获得准生证，偷偷活了好多年，最近才获得户口和土地。

舅舅家的房子重修一新，是用表哥赚来的钱修的。堂屋中摆了一个修鞋机，默默诉说着表哥一次创业失败的悲剧。他本来学了修鞋的手艺，在马路边搭了茅棚给人补鞋，但是这个小本生意到底没法做下去。凭着一份手艺就可以养家糊口的日子已经过去了。表哥说，等身体完全恢复了，还是得到外边打工去。

2007 年，大学毕业、留在成都工作的我接到了表哥的电话，原来他到了成都郊外金花镇的一个鞋厂。我坐两个小时的车去看他，一进工厂大门，便闻到了刺鼻的胶水味，混合了烧熟的皮革的焦煳味，令我头晕。二十多个工人两两相对挤在闷热潮湿的铁皮厂房里。一见到我，他就向我抱怨此地的制鞋工艺太落后，打钉竟然还用铁锤敲，温州那边早就自动化了。老板也苛刻，手套和围裙竟然还要自己买。

“最近身体还好吧？”我问。

他说：“还好。只是我有个肾已经开始萎缩。”

他住在租来的农舍里。墙壁上贴着各式各样的鞋样，上面还有铅笔勾画的痕迹。“我常常想，怎样把鞋做得更好看一些。”他说。

2010年，农历虎年。在春节联欢晚会的舞台上，小虎队临时组合，唱了三首歌。过了这么多年，他们还能跳舞、空翻，摆年轻时候的造型，看起来一点不老，年轻得有些不真实，仿佛时间的刻刀，独在他们身上轻轻用力。我以为我从没有追逐过他们，从没有迷恋过他们，然而当他们一开口吟唱，所有的歌词和旋律都忽然涌上我心头，原来我从不知道，我记得这般清楚。我只是在表哥的屋里，在表哥的少年时代，认认真真地听过他们的歌。

2010年的时候，重庆直辖了13年，交通早已获得了巨大的发展，公路已经翻山越岭来到了村口。通往县城的公路铺上了水泥，而开往重庆的客车，早已飞驰在高速公路上。从镇上已经有直达温州的卧铺客车了，省去了颠簸，缩短了距离，连接了贫瘠的乡村和富饶的都市。如果表哥的孩子，初中毕业之后外出打工，将会走一条比他的父亲更加通畅快捷的道路。这一天也差不多快到了，那孩子早已经对读书表现出了足够多的厌倦。在表嫂眼中，即使是像我一样读了大学，在城市中依然跟打工没什么区别。所以她很久没有要求儿子像我一样考上大学了。她甚至巴不得儿子早点出去闯荡。

2010 年 3 月

最佳拍档

此文献给张晓春，一位邻家的大哥。

他大概比我大七岁，父亲命我称他表叔，因为辈分不能乱。没人时，他说："你还是叫我哥吧，叫名字也行。表叔听得我心里发麻。"

五岁时，他带我去集市看电影，票价五毛。我们故意等到电影开场之后再去买票，然而放映员守在门口，仍然要收五毛。

张晓春大叫起来："电影都开始十几分钟了，你还收全价，你怎么好意思?"几番唇齿交锋，终于谈定三毛入场。至于小孩，"我的天，没听说过小孩也要收钱的，你收钱也太过分了"，于是一大一小两人，昂昂然入场。

电影的主角是一个光头和一个油头粉面的年轻人。他们被一群人追，驾着一辆似乎性能不怎么好的车逃走。途中车辆撞到路中间的电线杆，如被刀劈一样一分为二，两人各自开着半片车，大呼小叫地逃命。动作滑稽，表情夸张，笑得我喘不过气来。

七八岁时，他坐在书桌前做作业，我则去翻他书包里的武侠小说。等他做完作业，我便恋恋不舍地还给他，眼巴巴地等他看完。房间四面无窗，只靠屋顶的一面亮瓦引入天光。下雨时，雨水一股股流过，像一条长长小白蛇哧溜而下，绵绵无尽；天晴时，阳光从亮瓦射进屋里，形成一面光柱；细小的灰尘在光柱中闪闪发光，如好奇的鱼子漫无目的地游走。我刚看了武侠，豪情正盛，常以手作刀，对准光柱斜斜劈下，发光的微尘如同受惊之鱼四散奔逃。他去牵牛喂水、捉鸡入笼的间隙，我抓起书来赶紧看几页。

书中经常夹十几页色情描写，情节与前后文无关，连页码都不相连。我表示非常不解。他哈哈大笑："你小孩子不懂，这才是最好看的部分。"

十三岁时，父亲带我去县城参加小升初考试，考完后，便携我去参观张晓春在县城刚买的房子。房子总价两万元，共有房屋四间，其中只有一间卧室简单刷了墙壁，放了床铺；另外的全是水泥墙面，电线乱七糟八地挂在墙上。他说，这房子还得装一装，我们两口子还要出去打工，把装修钱挣回来。

他老婆是中学的同学，长得很白净，只是眼睛很小，眯成一条线，似乎一直在半笑。两人没扯结婚证，但已像夫妻一样住在一起。这在当时可算出格。他的父亲到我家来，一提起这桩不告而娶的婚姻，便气得直拍大腿：“买房不听我话，找老婆也不听我话，我是不管了，随便他两口子怎么搞。”

价值两万元的房子很阴暗。窗户外是吾县的桂溪农贸市场，有一条涸而不流的河，扔满各种菜帮子、菜叶子、鸡毛蒜皮、死鱼死虾，开窗便是一股恶臭。

自此后我们便未再见。但坏消息一件件，从父母口中听来：他们举办了婚礼，但结婚时夫妻俩吵架了，当场便摔了碗碟；他们第一个孩子是个男孩，留在村里由爷爷奶奶照看，两岁时跌到粪池中淹死了；他们又生了三个小孩，一女二男，但夫妻俩终究离了婚，女儿归母亲，儿子归父亲；他得了癌症，治病花了很多钱。

2012 年春节，我回到村里，得悉他正在家里养病。那时他们全家已经搬离七八户人家聚居的官塘湾，在公路边另造了一栋外表光鲜的三层小楼。

我和妹妹一起去看他。他戴着一顶帽子，坐在床上。床是旧的，柜子也是旧的，大概是舍不得扔的家具。只有床上的被子崭新亮丽。

他已经不认识我了，问我妹妹："你哥哥过年没回来？我好多年没看到他了。"

我大笑："我不就是嘛，在你面前呢。"

他盯着我看了一会儿："你完全长变了，脸型都不同了。要细看才看得出眼睛眉毛有你小时候的样子。"

他的病是骨癌，肿瘤所在的位置在尾椎骨上，发病时坐卧不安，只能站着。谈起生病的原因，"肯定跟工作有关系。我一直在五金厂上班，负责打磨五金，每天都是坐，弓着身子磨产品，一天下来屁股最痛，"当然了，"跟命不好也有关系，辛苦一辈子，老婆没了，钱也没了。"

我安慰他说："还有两个孩子呢。养好了病，下半辈子还长……再说城里那房子也涨了不少价，卖了啥都有。"

"城里的房子卖不出去，"他说，"阴阳先生去看了，说风水不好。你看我买了这房子后，倒了多少霉。"

这一点，倒跟村里人看法相似。去看过那房子的乡亲，回来都大摇其头；一说起他这十几年的霉运，都归因于这间阴暗的房屋。

没多久，就传来他去世的消息。当年春节回乡，有人把他的坟指给我看。杂草丛生的荒坡上，一个灰色的坟堆，远远的一点而已。据说下葬时鞭炮放得太多，一整年坟上都没有长草。吾乡葬人，颇有古风，坟而不树，亦不立碑，若不是经人指点，谁知道此中有墓，墓中有人？

所有的生命来到世上，都是为了奏一首响亮的歌曲，曲到中途，戛然而止，听者耳中犹有余音，演奏者却已不在台上。

村人一度认定他是本村人才最佳的年轻人，身体好，口才棒，成绩佳。我也视他为榜样，学他勤读书，学他下象棋，但学不了他高大的身材和大庭广众中侃侃而谈的能力。腊月，他在家里铺开桌子写对联，第二天拿到集市上去卖，赢得了顾客的好评，甚至第二年顾客找上门来请他再写；他是村里第一批外出打工的年轻人，回乡之时，村民纷纷上门围观，问东问西。与中年才出门的打工者不同，他认为打工的目的并不是为了赚钱在老家盖屋，而是学习城里的生活方式，改变生活，因此，他坚持要在城里买房。他意气洋洋地掏出包装精美的糖果散给一众小孩，其中有我。

那部五岁时观看的电影，后来我找到了出处，名叫《最佳拍档》。电影的两个主角，一个叫麦嘉，一个叫许冠杰。

2016 年 11 月

永生之方

1

从学校到家里，是五公里。从家里到学校，还是五公里。

一路上，有细瘦的田塍，撒满骡马粪便的土路，山坡上凿出的石梯，以及一条灰尘弥漫的公路。

上学之路，对学前班儿童而言无疑是畏途，但大人无法陪同。最初的带路者，往往是村里年龄稍大的大孩子。每天早上，孩子们在路边集合，少时四五人，多时七八人，在大孩子的带领下，急急忙忙上学去；等到下午，又在大孩子的带领下，慢慢悠悠回家来。孩子们一茬茬长大，带路的领袖，每隔几年就更换一次。

到我上学时，领袖是一个名叫胡勇的女孩。其名如男孩，其性格也如男孩，胆子很大。上学路上，她带着我们剥蚕豆、挖红薯，放到搪瓷盅里，和米一起蒸了当午饭；放学路上，她带我们偷桃、偷李、偷柚子，然后聚到一个隐秘的地方分而食之。

“这棵柚子树结的柚子是最好吃的，”她得意地说，“我把那家人的柚子树，每棵都偷来尝了尝，错不了。”

2

驱狗是童子军领袖必备的技能。经过有狗当道的村庄，她先举棒居前，抵挡正面来敌，在狗的狂吠声中带我们越过路口；后又执棍殿后，以防宵小偷袭。她给我们传授各种经验：

“咬人的狗都悄悄摸上来的，那种隔老远就狂吠的狗没啥可怕，它比我们还慌。”

又现身说法：“狗冲上来时万不能跑，你是怎么都跑不过的。随便抓住什么，树枝和石块都行，对着狗冲上去。这些土狗没有不怕的。现在我给你们示范一下……”

于是她先向狗扔了一块石头，接着举棒气势汹汹直冲过去，一直追出两三百米远。那只狗尖叫着逃远。她笑嘻嘻地走近我们，说：“看见了没有，打狗就要这样。”

3

公路上的拖拉机和小货车趾高气扬地开过，卷起滚滚灰尘。她说："在公路上必须走两边，不能走中间。"

为什么必须要走两边呢？我问。

"中间有车印，这就是给车指路的。你走中间踩坏了车印，车不知道怎么走，一下子摔翻了，你赔得起吗？你家里的谷子全卖了，赔得起吗？"

赔不起，当然赔不起。我们都被吓住了，乖乖地走在公路边上。

4

某天我们在路上被邻村顽童拦住，非说此路已被他们收购，要么绕路，要么从其胯下钻过。其中一个男孩最为放肆，脱了裤子，屁股朝着我们乱扭，一边狂笑一边说："来吃屎，来吃屎。"

同行的女孩急忙扭过头去，捂住了双眼，脸涨得通红。我想起大人说的，见了人的屁股，眼睛要流脓长疮，一下便不知所措。

胡勇猛然冲上去了，对着那男孩的屁股就是一脚，将他踢得仆倒在地。

男孩爬起来，提上裤子就冲上来打架。他飞腿直踢，胡勇站着不动，挨了一脚，但是迅速地抓住了男孩的脚不放。她一步一步推着男孩往前走，不快不慢，逼迫他单腿后跳。最后推到一个高坎边，轻轻一送。

高坎下面是一块水田。男孩子摔倒在水田中，挣扎不起，最后大声哭出声。

她招手叫我们过去，大声说："大家看见了，以后打架千万别飞腿去踢人。假如有人来踢你，一定要想办法抓他的脚不放，这样绝不会输……打架就要这样。"

5

小学毕业之后，胡勇就和父母一道外出打工，数年不闻音讯。听说去了福建，或者是浙江温州。比我年长的孩子一年年毕业走了，年幼的孩子，包括我妹妹，因为越来越贵的学杂费，选择了入读收费更低的一所村小学，不与我同路。浩荡上学的童子军，转眼就剩我孑然一人。带路上学的传统，自此而绝。

三年之后，我在放学路上再次遇见了她。

当天刚下过大雨，虽雨过天晴，但道路尚未干透，有点泥泞。我独行在放学路上。一个瘦小的人影，背着一个巨大的淡灰色旅行包，两手各提一个塑料桶，在我前面慢慢前行。我打算快速走过，她却叫出了我的名字。

我认出了她，急忙帮她接过了手里的塑料桶。里面装着毛巾，搪瓷碗，几个苹果，还有衣架。

“这个时候回来可是很少见，”我说，“一般不都是过年前才回来吗?”

“这个时候好买票。”她说。

“你父母都没一起回来，那你肯定是还要再去的。什么时候再去啊?”

“我不去了，我是回来等死的。”她说。

我目瞪口呆。

6

她患的是肝病。已经没钱医治了，所以回老家来。如果运气好能够痊愈，运气不好就只有死。那个勇敢的少女，仅剩了一副躯壳回来。

她和爷爷奶奶住在一起。我上学的时候经过她家门口，看到她靠墙坐在门口的凳子上；下午放学回来，她还是坐在同样的位置。有时她跟我打招呼，有时又对我视而不见。

学校为了准备小升初考试，放学时间越来越晚，有好几次我都踩着暮色归家。某天晚上我挎着书包走过她家门口，她跨坐在门槛上看电视，见我经过，望着我。

“读书也很辛苦啊，”她说，“这么晚才回来。”

“还好，还好。”我回答道，顺势也在门槛上坐下了，跟着她一起看电视。

电视中正在放《封神榜》。这是一部奇怪的电视剧，里面所有人的死，都是为了成仙。

我们都没什么话说，直到一集电视剧播完。

“我回家了，我爸妈也许在着急找我呢。”我说。

“好的。再见。”她说。

这么就算告别了。

7

不久她就死了，才十七岁。

因为她还未成年，所以并无葬礼，只在坟头上摆放了一个花圈。她的父母也未回来，花圈是她的爷爷奶奶扎的。

我曾替这个十七岁就逝去的勇敢少女构思过许多可能的生命历程，每一个都是充满希望的喜剧。大幕徐徐拉开，谢幕的人都被灿烂的光照亮，被热烈的掌声拥抱。因为只有一个阳光明媚、夜色温柔的花团锦簇的舞台，才配得上她那么勇敢、这么年轻的面孔。

许多帝王将相为了寻求永葆青春、长命百岁之方，不惜兴师动众，靡费民脂民膏。然而他们不知道，最好的青春之方就是在年轻的时候死去。

2015 年 12 月

捕蛇者说

与只会土里刨食、浑水摸鱼的农夫不同，江大发多一项特殊的技能：捉蛇。

打蛇打七寸，捉蛇捉蛇颈，道理人人皆知，但真要下手，还是需要勇气。一般人见到蛇的第一反应是夺路而逃，稍有勇气的人会找根棍子，以作武器；只有江大发敢徒手而上，他说："这有什么好怕的，我只看到一串钱在地上爬。"他把捉来的大蛇扛在肩上，捏住蛇颈，意气洋洋地走到集市上。有时候在路上遇到我们，他把蛇举到我们面前，"来，摸摸看，滑得很"，把蛇头送过来。我们尖叫一声，四散逃开。他在后面哈哈大笑："你们这群小屁孩，没出息。"

集市上有人收蛇。大蛇五元起，小蛇三元起；假如是毒蛇，价格又可高一点。这笔横财，显然在一定程度上可以补贴家用，使他们一家四口，每个月可以比邻居多吃一顿肉。江大发上有老母，下有一儿一女，再加上妻子，这不明明白白五个人？何以吃肉的，只有一家四口？

“你不晓得，他家婆娘厉害。吃肉的时候，那老婆婆是没份的。”

于是问者就懂了。吾乡一半以上的儿子，结婚之后，不出一年，就要与老人异爨，虽住在一个屋檐下，饭却一定要分开来吃。江大发没有和他的寡母分灶，这简直是模范。虽然菜品略有不同，也完全无损于他孝子的令名。

吾乡蛇类，以菜花蛇、乌梢蛇和竹叶青居多。其中竹叶青个头较小，多半入了酒罐，用来泡酒；乌梢有毒，一般当场打死，剖肚取胆，又用蛇胆来泡酒。只有体硕且无毒的菜花蛇，人人得而捉之。我十岁左右的时候，江大发作为一个捕蛇者，已经薄有微名，附近几个村子的人，都把捉来的蛇卖给他。也常有人不远十里，登门拜访，请他去把新辟屋基旁石窟穴中的蛇一网打尽。各种奇怪的说法也越传越多，有人说，他家的坛子里面养着小蛇，被窝里孵着蛇蛋。

我问他的儿子小飞：“这是不是真的？”

“哪有这种事？”小飞说，“我爸倒是想养，我妈不准。不信，你们去我们家看看。”他再一次向我们发出了诚挚的邀请。

“我们可不敢。”几乎每家每户的卧室、灶台、床底、阁楼，都留下过我们捉迷藏的足迹，但只有小飞家，大家从来不去。

小飞显得很气愤：“其实我也害怕。我爸爸说，我以后是要接他捉蛇的手艺的，什么都可以怕，就是不能怕蛇，于是捉了一条蛇，咬了我一口，说是锻炼我。你们看，伤口还在呢……”他举起左手虎口上的伤疤给我们看。

在整个少年时候，没有人和小飞建立过亲近的伙伴关系。坦白说吧，一想到他的手曾经触摸过蛇冰冷滑腻的身体，我便觉得一股凉意袭来。现在想起来，他的童年可能比我们要孤独。

几年之后，外出打工的风潮席卷吾乡。江大发先去了泉州，进了鞋厂做工。第二年回乡，便要带全家人一起外出。那时他老母早已过世，但儿女尚在读书。

有人来劝他，他一句话顶回去：“读个屁的书，高中生在外边打工的，一堆一堆的。老板们都小学毕业，我看我这两个小孩，读书不可能有什么出息。明年大女儿可以办身份证了，就跟我先走；儿子初中一毕业，我看也差不多可以出去闯了。”

就这样，捕蛇者大发一家，成为吾村倾家外出的先行者。他家的房子，位于村道边上，是我每个月背着书包离去归来的必经之所。我看着苦蒿从他家门口的台阶缝中长出来，一年比一年旺盛，高与人齐，最终堵住门口。

2007年腊月二十八，吾乡下了一场雨。雨后村路泥泞，回家的我，鞋上糊了不少淤泥。我打了一盆水，拿了一块抹布埋头擦鞋，突然听到一个略显怪异的声音说：“哈，这不是况二吗?”

我抬头一看，只见一个穿着灰色大棉袄的人站在我面前，手里捧着一个大搪瓷碗。那棉袄从头至尾把他牢牢罩住，仿佛一个大圆柱。

“我是大发啊，你怕是不认识我了?”他用哆哆嗦嗦的声调慢慢说。

我确实不认得他了。他的面色苍白，脸上的黑色污垢显得非常明显；整个脸板结成一块，眼珠子却乱转，好像一个只把眼睛调试得灵活的木偶。拿着大碗的手一直在不由自主地抖动。我大吃一惊，印象中那个干练坚决、无所畏惧的捕蛇者，竟然变成了这般模样。

“你现在发达了哈，”他继续用慢得诡异的语调说，

“给我抽支烟，让我享受下城里人的福。”

我困窘了：“啊，我不抽烟。我身上也没烟的。”

“没烟就算了，”他嘴巴轻轻一扁，似乎不太相信，“表叔娘在家吗？我是来借点米的。”

我母亲循声出来。江大发对我母亲说：“表叔娘，我又来借点米。你看我，大过年的没米下锅，借米过年。”一边说一边朝我母亲伸出了碗。

他拎着我母亲给他准备的米袋，慢慢走出，到了门口，又转头对我母亲说：“表叔娘，我借了你家好多米。说是借，这辈子怕是没法还了。”

母亲安慰他：“别乱说，你这辈子还长。表叔娘知道你还得起，才肯借的。”

几天后，我终于搞清楚了江大发的遭遇。他在鞋厂负责熬制胶水，有一天不知怎么中毒了，栽倒在地。送医之后，命是捡回来了，神经却出了点问题，具体表现是走路艰难，手脚颤抖，并时常不由自主流口水。工厂赔给他一万五，换来了家属永不追究的承诺。他的老婆拿了钱，却嫌弃他再也不能劳动；儿子也视他为拖累，更对他没有好声气。至于女儿，“嫁到湖南一处山村里去了，十八岁就养了三个孩子，据说比我们这里还穷，自顾不暇。大发没有法，只有一个人滚回来，据说回来的车费还是他老表垫付的。”

土地和房屋都荒了，回来也无以为生。他回来不到三个月时间，到我家借米已经十来次；菜则是自己随意去地里摘，没人阻止。“每次抖抖索索拿个碗来，抖得这么厉害，只有给个米袋给他。这个碗晚上装了菜我给他送回去，顺便又把米袋拿回来。你看嘛，你还没离开，他又会来一次。幸好是这几年，要是以前，谁家有米给他？”

他家的破屋依旧衰败，枯黄的苦蒿高与人齐，掩住门口，厨房的屋瓦上也看不到生火做饭的炊烟，似乎木偶似的活人，没法给空置已久的破屋带来一丝一毫的生气。正月初一的黄昏，我看到他举着一根树枝，想去敲一个挂在枝头的柚子。有人叫他：“大发要吃柚子啊！我家里有，来吃吧。”他咕咕哝哝地说了一些什么，转身以树枝为杖，慢慢走开。

在我离家之前，他没再来过。

有一天，有人在村路上遇到他背着背包，慢慢出村，便问他：“大发你到哪里去？”

“我到福建找我老婆跟儿子去。”

“你没钱，怎么去啊？”

“我走着去。”他答。

从此以后，村里没人再见过他。在他老婆和儿子打工的地方，也没有他的消息。

大概捕蛇者江大发，已经死了。

2016 年 12 月

竹器时代的老人

六岁的时候，父亲带我去山里的外公家。我们行到离家三里远的团岭坝，便遇上一场大雨。雨势越来越大，前行已很危险，父亲说，找个地方避雨吧。于是他带着我折入一条支路，跨过几级从石头中凿出来的台阶，来到一座以茅草为顶的土墙房前。门口的一只小黑狗闻人声，率先吠叫，那声音与其说是恐吓，不如说是提醒。闻声出门的是一个相貌上年近七旬的老头，一看到我们，喜气顿上眉梢。

“叫丁叔公。”父亲说，“他是你爷爷的朋友。”

这是我记忆中第一次见到这个以竹编为生的独居老头。

房屋只有两间，一间为堂屋，堆满竹背篼、竹席、竹笠、竹凳等各种竹器，另一间为卧室和厨房。茅草屋顶倒是盖得严严实实，保护着干燥得温暖的土墙。房子高而不阔，孤零零地立在一块平地上，屋后长着许多翠竹。最近的聚居村，距此六七百米。

我在屋里的大木床上睡了一觉，感觉很暖和，醒来时雨已停止。临走的时候，他送给我一个小竹笼，说是可以用来装蛐蛐。这只竹笼直到弄丢也没有派上用场，因为我从来没有逮住过任何一只可以装进这笼子里的昆虫。

以后我就常常见到他。在集市的竹编摊上，他坐在一堆背篼后面，只露出额头上的白帕子，这装束在吾乡甚是少见；有时候他当着顾客的面，把一个竹筛往地上砸，大声说："你看，这质量不摆了！"有人说他的手艺不如另一家，他便激动得跳起来："走，你走，你去那家买，我不做你的生意。"中午，他把一只背篼翻过来，在上面架一块木板，和另一个老头相对喝酒，下酒菜是一盘摆在面前的花生米。下午三点，赶集人渐渐散去，他把未卖出的竹器架在扁担上挑回家。遇到狭窄处，一根扁担占住全部道路；放学的我们不耐烦地跟在后面，等到宽敞处，我们便抓紧时机，一哄而过。

我父亲亦能竹编，能把一棵大竹，劈成均匀的黄篾条与青篾条；但编织的技艺粗疏，只限于编成网眼稀疏的背篼和撮箕。装稻谷的箩筐需要编得细密，筛豆子的竹筛需要编得均匀，如此精器，父亲便力有未逮，只能求之于能工。人熟便可赊账，我父亲常到丁叔公的摊上赊账。他则一年总要到我家来个两三回，有时顺路来闲坐，有时专程来收钱。假如遇上饭点，饭桌上就多了一副碗筷。

有次吃完饭，他坐在桌子前左右一望，突然感叹说：“哈，跟四十年前一模一样，只是墙壁上的白泥灰多掉了些。”又冲着我笑眯眯地说，“还多了半墙壁的奖状。”

这些奖状，是我入学以来所获得的各种奖励。我十分得意，也太年轻，根本不可能注意他语气可能包含的怀念、欣喜以及悲伤。

计划生育抓得最紧的那几年，路口的大黄葛树下，常有弃婴。某年冬天，他在路口的大黄葛树下捡了一个女婴。他抱着孩子到我家来，要讨点奶粉，那时我妹妹尚不满周岁。我父亲劝他：“你别管这个孩子了。你七十多了，你拿什么养她？放回去，有钱人会捡回去的。”

他说：“我早上去赶集时她在树下，下午回来她还在原地，嗓子都哑了。根本没人捡她，我不捡她就饿死了。现在捡回来就不能再放回去。”

他拿了奶粉，抱着孩子走了。

大概三年之后，女孩的家人找上门来，要领回这小孩。原来女孩的家人一开始就知道孩子下落，一直暗中观察。现在家里情况稍好，又见一老一少过得辛苦，便想认回小孩。他们愿意给一笔钱，算是辛苦费，但条件是以后不准与小孩再有联系。

“孩子送回给父母，对她有好处。给我的钱，正好用来埋我。”他到我家来吃饭，这样跟我父亲说，“至于以后见不见孩子，那无所谓的，反正我没几年好活了。死期到了，啥舍不舍得的，都要丢掉。我把她养大，以后见了阎王，我也算积过功德……”

过了几年，他就去世了。

葬礼是村里的干部主持的，据说没放一挂鞭炮，坟上也没有一顶花圈。他屋里的衣服和一切物品，被带到坟前一把火烧光。

直到他去世，我也不知道他的全名。他拥有的两间土屋，不久就被雨水冲垮，屋基也很快复耕。我 2003 年左右回家时，曾路经此地，但见垄垄肥硕的榨菜，深绿色的菜叶在冬天的阳光下显得生机勃勃。

竹之为用，一生皆宝。当它竹萌初绽，已是一盆好菜；蜕掉的笋壳，又可用来纳鞋底。长大之后，在能工巧匠之手，它变成承重的背篼、遮雨的斗笠、抚慰脊梁的竹席、安放尊臀的竹椅；等这些竹器破损之后，又可被劈成竹柴，送入灶膛，熊熊烈火，焚其残躯，烧出一锅好饭。

吾乡之竹，多为慈竹，丛生，高大，节稀筒长，长大之后，竹梢尖低下头来，好像一个谦恭的长者。慈竹的纤维韧性强，可劈成脆薄的黄篾和坚韧的青篾，各有妙用，是竹编的上好用材。但今天吾乡的集市上，已很难见到竹编摊，人们也很少再用竹器。

大概能编精密竹器的人，越来越少了吧！

2016 年 12 月

从龙岗，到龙岗

集市上停着一辆大客车。车头玻璃上，用黄色颜料大书“龙岗—龙岗”，字字汁水淋漓，似乎刚从水里爬出来，一笔一画都在淌水。这是载乡民去外地打工的客车，从四川省垫江县龙岗乡，直达广东省深圳市龙岗区。

1994年，十三岁的万波，爬上了这辆客车。送行的是他的父亲和收养的妹妹万娟。他母亲半年前去世。这女人身体一直不好，生下万波后更落了病根，丧失了生育能力。夫妻俩一心想要女儿，遂冒险捡了个弃婴。于时计划生育如火如荼，捡女婴易如反掌；只是仍算超生，需要缴纳一笔抚养费。母亲一去世，父亲独力养家越发艰难，捡来的妹妹又不足十岁。万波刚开始的中学生涯就此到头，摆在眼前的出路只有一个：弃学打工。

从此，早上再也没人打着呼哨，招呼我出门上学。

几年后，他妹妹万娟小学毕业，也爬上了这辆客车。

父亲入赘到梁平县一寡妇家，另组新家。这一家人，就此从吾村离开，只留下一栋宽敞的空房子。

这之后我没再见过他，只在电话中与他略谈数句，互道近况。有人对他嗤之以鼻：“万波这娃，没出息。好好的工厂不进，搞来搞去给人家洗脚揉腿剪指甲。他老婆、小姨子都干这个，嘿，说起来丢人……我宁愿去要饭，也不给人洗脚。”

2016 年 11 月，他给我打电话，说人在杭州，住在火车东站附近，打算明天去游西湖，今晚是否有空见面。我问清楚地址，急忙赶过去。

这是我们二十二年后首次见面。童年时，我们曾是极好的玩伴。他家屋脊，正对我家屋门；本以为根在一处，相见有日，谁知一经分别，竟然只能在迢迢万里之外的杭州再见。但心中存有旧貌，比对新颜，哪怕时间给我们涂上了斑驳的保护色，还是不难从语音神态中发现童年的蛛丝马迹，因此我们很轻易就认出了对方。

席间他敞开了话匣子，把这二十年的艰辛一一道来：“我刚出去的时候，没有身份证，只能在工厂里当黑工。白天窝在厂里，晚上窝在楼梯间，根本不敢出去啊，出去被抓住了拿不出身份证就要被打。那时深圳的治安联防队可厉害了，把人吊起来打。后来有了身份证，才敢出门去逛街。这地方也叫龙岗，跟我们老家名字一样，就是人多得多，工厂也多得多，看起来就不太一样。”

“服装厂、鞋厂、纸箱厂……进过的厂没有十个也有八个。最后一个是模具厂，我负责熬胶，屋里又热又臭，晕倒了好几回。那时我老婆在足浴店上班，她说店里有很多男人在给人修脚，劝我也去找个这样的工作。我怕人家笑话，最开始还不想去。但是老婆天天念叨，于是就去试一试，学学按摩、修脚的手艺。去了之后就再也不想走，因为这是唯一一个可以坐着上班的工作。”

如今，万波是深圳一家规模颇大的足浴店——张老足底龙岗店的店长，管理全店四十多个员工，工资加上奖金，每月收入有一万多。2015 年，在一场不知什么机构组织的名为“中国最美养生师”的网络评选中，他获得了全国第七。“你现在可算是全国知名人物了，”我大笑，“投票那会，我天天给你刷票，这功劳我也有份。”他笑逐颜开，端起茶杯要和我碰一碰：“可惜只是虚名，奖金一点也没。”

“虚名也是名，这叫精神奖励，”我说，“恭喜你事业有成。遗憾的是你没有早点在深圳买房，不然，现在已是土豪。”

“哎呀，那个时候笨啊，一心只想着存钱把老家的房子修得新崭崭的，结果修好的房子没人住，放着长草。”他不无遗憾地说，“龙岗那时荒凉，房价便宜得很。十年前为了回家方便，先买了车。这钱要存下来买房，哪怕只买一套，现在我小孩也不至于只能回垫江读书。当年没把深圳龙岗当家，一心想回去，挣点钱都拿去修了房子。结果正儿八经地算起来，还是在深圳待的时间长，回老家反而不习惯……真是锤子得很。”

最后这一句“锤子”，气势雄壮，依稀有我川人的风采。我似乎回到了童年时代。那天，万波召集了几个同伙，在路上拦住了邻村那个曾把我按在花生地殴打的顽童；打够了，骂够了，最后把他反背双手，推到我面前：“来，你来给他一拳，出出气。”我畏缩着不敢动手，他生气地说：“你锤子得很!”

他十八岁结婚，二十岁生孩子。孩子在外地读完小学，又转回老家读中学，交给岳父岳母照顾，为此不得不在县城买房。万波的父亲入赘到梁平，当年便已说好，日后子女不必管他。妹妹万娟，2014 年嫁到了长沙，据说男方家做小生意，在长沙市内有房。他老婆自去年起不再工作，正在到处考察，预备时机成熟，择地开一个足浴店。这是他们未来的家庭梦想。

这是一条“80 后”的农村青年照例要走的路，没特色，但他走得还算顺畅。

离开杭州之后，他的微信里，继续发一些内容昂扬的正能量鸡汤，比如：“做人智商高不高没关系，情商高不高也问题不大，但做人的格局一定要大。”“所遭所遇皆看成难遭难遇。跌倒，只为更坚强地爬起来；挫败，只为更好地成功。”配图则通常是献血的自拍、好菜的俯拍、足浴店里年轻姑娘的合拍，以及来历不明的风景美照。

假如是他人来说，这些正确的废话我一定弃之如敝屣。可是，出自一个十三岁就独自爬上远行客车的童年伙伴之口，我就觉得非常有意义。他走得比我远，看得比我多，又把家人安排得妥妥当当，一定比我更有智慧。

2017 年 1 月

村桥原树

低头思故乡

一年一度的归乡

仿佛是机器回厂返修

换去磨损的零件

新加润滑的机油

最后一个夏天

从7月下旬开始，每逢赶集，父亲便跋涉八里，到龙凤场邮局分理处的张贴栏寻找自己的名字；这样去了好多天，跟分理处的工作人员混熟了，人家告诉他，大学录取通知书是用邮政快件寄送，一般寄到乡邮局，分理处无分发资质。于是，父亲再行十里，到杠家乡邮局的张贴栏继续寻找。

我说，不用这么麻烦，我留了村里的电话，通知书来了，会打电话通知的。

“要是人家不打呢？要是人家一时没注意扔到角落了呢？非亲非故的，邮局的人凭啥通知你呀？”父亲的顾虑倒是挺多。

过了8月5日，我的录取通知书还没有来，父亲忧形于色；邻村已有高考生收到了专科学校的录取通知。消息传来，父亲简直有点惶惶不可终日了。

“我最担心的是你被人家顶替了。”父亲说，“这种事多了。”于是他一口气举出了章家二儿子、石家大儿子等人，全都是传说中考上了中专、中师、大学，然后被人顶替上学的故事。

我不以为然：“也许这几人根本没考上，只是他家找个说法，在村里存个面子而已。再说，我考的全县第一，县里谁人不知，谁敢来顶?”

“你别翘尾巴，”父亲火了，“考个第一骄傲个屁。第一还被人顶了位置，上不了学，那才是大笑话。这事真要出了，还有什么脸？出门都得蒙块布，死了也得揭了皮……”

后面几天父亲继续唠叨，什么“也许应该去送送钱”，“托人去问教办，送几条烟”，“况家湾有个本家在乡政府工作，最好请他留意下邮局”，等等。我终于受不了了，甩下一句“不用麻烦，我自己搞定”，一怒进城。

我坚信通知书一定会来。乡里邮局的工作态度不值得十分信任，父亲所忧，其来有自，但县级邮局肯定相对可靠。高一时候的同桌，其母亲是邮政局职工，当能首先看到快件。其家我早已是熟客，于是径直登门。我说，我是来玩的；顺便有一事相求，阿姨如看到地址和姓名相符的快件，不用往下分发，直接通知我。

接下来的几天，我就吃住在陈烁家。白天吃西瓜，晚上吃烧烤；县城里的网吧，也留下了我们偷偷摸摸的足迹。几天后，阿姨下班带回了快递，我拆开一看，正是我的录取通知书。于是我带着它回家了，郑重地上交给父亲。

父亲放心了，摸着录取通知书，笑眯眯地说："总算到手了。可惜没让村里的大喇叭通知去领，这是好大的风光，就恁个没得了……"

剩下的日子就是准备入学了。通知亲朋升学宴的时间，接着去转户口、开贫困证明，四处找人凑学费。

最后，是收割水稻。

从十岁开始，每年暑假我都有一半时间用于掰苞谷、割水稻，今年也未能幸免。我技艺不佳，动作笨拙，以往都少不了被父亲教育，今年更加心不在焉。但父亲再没有出言训斥。也许他知道，这个不善农事的儿子，未来不在田野之上。我呢，憧憬着未来的大学生活，清楚地知道，我终于可以越过那些时常凝望的重峦叠嶂，出发到山的那一边，以另一种方式，支持全家的生活。

收完自家水稻，我该出发了。这是 2001 年的 9 月 9 日，我背着背包，揣着录取通知书，怀着对新生活的希望，沿着被乡人鞋底踩得光滑的小路，步行离开村庄；

除了父亲辞世的那个夏天，从此没在春节之外的时间回来。未收割的金黄稻田，饱满的稻穗谦逊低头；已收割的地里，立着一束束的草把子，像许许多多叉开双腿的小人，极其肃穆。我记得这番情景，因为这就是永别：这天下午我所目睹的故乡的金黄稻田和肃穆草把，以后我再也没有看见。

2016 年 9 月

中秋月色

1

在吾乡，或者说在吾村，中秋节并不吃月饼。其原因大概是穷，毕竟凡是需要花钱购买的东西，对乡民而言都是贵的。代替的物品是一种大号的红糖圆饼。月饼是圆的，红糖饼也是圆的，在表达团圆的意义上，两者相互通个假，合情合理。

红糖饼的做法很简单。面粉揉团，两手压扁，摊开在手掌上，“啪”的一声拍在热油滑过的锅底。一只手握成拳，轻按浅压；一只手伸出两指，拈起翻面。灶中火不断，锅中手不停。饼在锅里烙熟了，满满盛在浅盆子里。第一只饼要敬献给不存在的灶神，无人敢吃；最后一只饼献给猪圈，它在臭烘烘的圈里周游过后，没人愿吃。

中间的十几只饼，搬到饭桌上，就成了中秋之夜的晚餐。

吃饼的时候，月亮还藏在山坡的树影后没有出来，中秋之夜的月亮，似乎比其他时候要更晚些。大人们并无观月的兴趣，他们吃完后就各自忙碌，跟往日比“将无同”。平坦的坝子上，孩子们举着饼聚在一起，你咬我的饼一口，我咬你的饼一口，比较谁家的更香，谁家的更甜。我不太喜欢吃我母亲烙的饼，因为红糖放得极少，似有若无。每一点细细的甜味，都要舌头费力搜寻，大脑费力配合。不过，我家的饼并不是最难吃的，因为有的饼连一点红糖也没放。

最终，所有甜的、不甜的饼都吃完了，月亮终于升上来。树叶、屋瓦都在发光，大地亮如白昼，又是一个清朗的、适合夜游的圆月之夜。忙碌的大人偶尔走到屋外，抬头一看，赞叹到：“啊，好大的月亮。”接着便是担忧：“明天恐怕又要热。”最后归结到生活：“要早点出门。”孩子们则悠闲得多。我们先看月亮，辨认月亮上的阴影，找树，找兔子，找伐木的人。看了一阵，彼此生厌，便结队来到收割后的田野中，在草垛后捉迷藏，捉青蛙，捉蚱蜢，有一年还逮住了一条菜花蛇。我们搓了一条草绳，拴住它的七寸，将它挂在一棵歪斜的桑树上。蛇尾奋力摆动几下，然后便如长绳一般不动了，只有孩子们扔出的土块带来的风，轻轻推动它的身体——在清朗的月光下，它成了我们的游戏靶子。

除了有饼吃，吾乡，或者说吾村的中秋夜，与其他月圆之夜并无什么不同。那时正是吾村人气最旺盛的年代：土地所产，已足温饱，主流的经济思想是如何转移农村剩余劳动力；所有的孩子都没来得及长大，所有的青年和中年都还没有外出。在中秋之夜，我们没有想到团圆，因为所有的家庭都是整整齐齐、圆圆满满的一家人。月上中天的时候，孩子们也上床睡了，村子里几乎没有看月之人，更不会因月思人。在月色的润泽下，村子睡得很香。我曾经半夜醒来，去厨房喝水，看到月光从大大小小的墙缝钻进屋来，在凹凸不平的泥土地面上画下大大小小蚯蚓般的光影。它照亮桌上油腻的碗碟，地上翻倒的条凳，靠墙而立的坚硬扁担以及屋角沉睡的两只小猪。我的故乡啊，乱，脏，人畜共居，泥灰和竹篾组成的墙壁不蔽风雨，中秋夜的饼也舍不得多放糖，似乎颇为凄凉。现在想来，却是我记忆中月色最温柔的年代。

2

20 世纪 80 年代后期，吾村开始大规模有人外出务工。一人站稳脚跟，便带出一个家族的人。目的地，有温州、泉州、福州、深圳、东莞等沿海地带，也有云南、湖南、湖北等内陆省份。我三个堂兄，走得最远，直接到了乌鲁木齐，因为大堂兄觉得这么多人都去沿海，竞争比较激烈，还不如去偏远之地。

结果就是，我们那群在月夜以蛇为靶的儿童，竟然成了村里最后一代童年有父母全程看护的幸运儿。即使在除夕，吾村也没有迎回她全部的村民，更何况意义远远不如的中秋节。留村的人未必会重视这个日子，离开的人可能也想不起这个节日。

尽管他们的思念其实一刻不停。

三十年来，村里的人口越来越少，不断有家庭举家迁走，留下老屋慢慢衰败。一些此前被鞋底踩得紧实光滑的小路，渐为杂草覆盖。村子周边的土地则不断冒出新坟。长眠者既有我奶奶这样一辈子都待在乡里的老人，也有我父亲这样曾经外出、后来回乡去世的中年人，也有几个死在外地、最后骨灰归葬的年轻人。生于斯，长于斯，葬于斯，他们的人生画了一个闭合的圆。自古以来，有那么多的人在临死时都想着归葬故土，大概叶落归根，为人生画圆，是生而为人最后一个强烈而卑微的愿望吧。

从自然环境来看，吾乡属于川东丘陵地带，土壤并不十分贫瘠。虽不如平原易于耕种，但起伏的丘陵正好开垦旱田，可种小麦与玉米；丘陵之间的水田则算得上肥沃，适于水稻。更兼从无大水，少有动荡之虞；即便旱魃为虐，损失的也多是坡顶的几块薄田。成年之后，我常常想，在这样的地方，乡民这样勤劳，为什么还必须背井离乡，才能找到更好的生活之道？为什么这个看起来并不是特别贫瘠的村庄，也要慢慢衰落？

3

鲁迅先生在《故乡》的结尾中写道："老屋离我愈远了；故乡的山水都渐渐远离了我，但我却并不感到怎样的留恋。"每次离开故乡的时候，我常有相同的感觉。我在父老的心中，名声并不好。常有老人指责我高傲，见面不递烟，上桌不敬酒，见面不打招呼。父亲只好替我圆场："他不抽烟不喝酒，不懂这些，请担待担待。"老人说："不懂便要学，出身社会不会这些礼仪怎么能行？"接着便是一大堆"礼尚往来""人情社会"的话，气也就在长篇大论中消了。至于见面不打招呼，有一次我终于鼓起勇气辩解，说是因为脸盲，搞不清辈分，"各位叔叔爷爷沾亲带故，长得又挺像"，一思索便擦肩而过，更加不好意思转头再叫。老人并不同意，他气愤地说："书上那么多字都记得牢，大学也考得上，却说记不清我这张老脸。我才不得信，分明是看不起我们，忘了本。"短短三五天，我吃饱了家乡的鸡鸭鱼肉，也受够了父老的气。

在城市中，我也不常想起故乡，唯一的联系，大概是母亲打来或者我打过去的电话。她告诉我，一棵树倒下压垮谁家的墙，村里的路终于铺上水泥……说得最多的，还是谁生病了，谁快死了……我听了，费力在脑海中搜寻患病者的相貌：略微有点轮廓，仔细去辨认，却什么都想不起来，像母亲烙的红糖饼中的甜味一样。那些当年我没记住的老脸，如今更加回忆不起。再没有无亲无故的老人来教我做人的道理了，我却并不感到高兴。

我说："妈，我想不起来这个人。"

母亲说："你当然想不起来，你都出去多少年了……"

多年以来，故乡于我只剩冬天的萧条。月底归家，只能在后半夜见到下弦月，月初离开，上弦月还没有出来。多年来，我没有见过故乡圆满辉煌的月亮，也没有见过故乡生机勃勃的夏天和稻田。但是，当我回忆故乡的时候，却自动过滤了每年冬天都目睹的日渐颓败的房屋和日渐老去的面孔；脑海中浮现的，反倒是多年从未寓目的繁盛，浓密的玉米林，一望平畴的水稻田，饱满多汁的桑葚，长得过分的丝瓜，路边野生的薏米花，以及一队沿着小径浩荡走来的青年男女。收获过后的田野上，一群小孩在草垛中间捉迷藏，如今他们天各一方。如果那时我知道，以后的日子中再没有这么温柔的月光，我定会多加瞻望。

杜甫说：“露从今夜白，月是故乡明。”此地彼地，无非一月，只是我们用充沛的想象力把故乡的月亮擦亮。离开越远，回忆越长，那故乡的月色反而越亮。反正那群捉蛇捉迷藏的小孩，再也不能回去印证真假，不如就尽量把故乡美化，谈起来好像天堂。

何处无美景，何处无明月，但少闲人如山村少年郎矣。

2018 年 9 月

残忍的秋天

又是蛙鸣鼎沸的春夏之交，不禁想起往事。

三十多年前，近四十岁的父亲第三次外出打工。三个月后，他拄拐归来。他和一帮工友抬预制板时，一根绳索突然断裂，预制板的一角砸向地面，正好砸烂了他的脚背。到家的时候，距离被砸之日已经十余日，伤口只经过简单包扎。解开脏兮兮的纱布，伤口发黑溃烂，不断流出脓血，奇臭无比。

负责治疗的是村里的赤脚医生，他用酒精清洗伤口，以烧红的小刀剜去腐肉。腐肉去除后，脚背上一个血淋淋的大洞，森然见白骨。我在旁边看着，悚然心惊。他说，要做好截掉脚掌的准备；又说，他不保证医好。

一家人忧心忡忡。

第二天，有一个老人上门，献上一个偏方，蛙肉剥皮舂烂，敷在伤口上，可以长肉。赤脚医生同意了。我们没有选择，只能一试。母亲还要忙前忙后，妹妹还小，捉蛙的重任，就交到十来岁的我头上。这样我每天除了割猪草与放牛之外，又多了新任务。

其时是秋天，水稻已收割，田里到处是零星的水洼和一排排尖尖的稻茬，青蛙很不好找。最初逮了几只小蛙，剥皮舂烂后，只有小小一片，不够敷满伤口。邻居来告，某处山坡上的水窖中，有很多青蛙。

山坡上的水窖，是公用蓄水池，平时存蓄雨水，以备浇灌周边庄稼。农民们把烂草、牛粪狗屎、死猪鸡毛、人畜粪尿等等一切可以肥田的东西，也顺手扔进去，物尽其用。这个水窖挖得极大，宽约三米，长约五米，深达三米，牛掉进去了都爬不出来，蓄满水后可灌周边之地。我到了水窖一看，其时是枯水期，窖底只有浅水和露出水面的淤泥，浅水处长满浮萍，淤泥中生出芦苇和水草。到处都是青蛙，个个肥大，扔一块石头下去，一阵乱叫。

我每天去捉一次蛙，一次四五只。拿回家后，剥皮，整只扔进擂钵中，用擂棒舂烂，一边舂一边拣出蛙骨，直到蛙肉成酱。赤脚医生每天来换药消毒，剜去一点腐肉，最后一步是把蛙肉倒在伤口处，用纱布包好。

最初我用竹竿来打青蛙，打死打晕后再用竹耙捞上来；后来有人教我在竹竿上绑镰刀，戳中青蛙后直接拖上来。有时用力过猛，一镰下去青蛙一刀两断，有时只斩断了蛙腿，青蛙拖着断腿仓皇逃窜。有时我只是生气，无缘无故多干一件活，就多打死几只青蛙。蛙血是淡淡的红色，池中浮萍上满是血迹。

对青蛙而言，那个秋天，我是一个挥舞镰刀的死神。

一个多月后，池中青蛙差不多被我剪除干净，父亲的伤也慢慢变好。脚背上的伤口长出新肉，白白嫩嫩的一块，与周边黝黑的肌肉颜色差异明显。随后他逐渐痊愈，健步如常，完全看不出曾经受过重伤。不知道是赤脚医生的医术高明，还是蛙肉的滋养有功，也许两者兼而有之吧。

父亲先后三次信心满满地外出打工，换来一次受骗，一次拖欠，一次重伤。此次之后，父亲完全放弃了外出打工的想法，专心务农，只在农闲时到周边的涪陵、重庆等沿江码头城市当“棒棒”。我从此一看到白生生的蛙肉就想吐，就想起那个挥舞镰刀的残忍的秋天。

夜晚的公园，群蛙齐鸣，咯咯咯，哇哇哇，呱呱呱，嘎嘎嘎……细听，远近高低各不同，诚然是一部堪比天籁的盛大的鼓吹。但是，我愧疚得只觉得它们吵闹。

愿偏方是有用的，青蛙们的牺牲才有意义。

2022 年 5 月

回乡偶记

1

上坟的时候，香枝和红烛是必不可少的。父亲说，红烛可以照亮祖辈的眼睛，使他们点清儿孙奉上的纸钱。小时候家里买不起鞭炮，父亲总是叫我和妹妹在坟前说话，召唤远去的祖先前来笑纳纸钱，他说不需要太大声，再轻微的儿孙声音，祖先也能清楚听见。

如今，我很少在坟前讲话，有话总是留在心里。但是妹妹保持了这个习惯，焚烧纸钱之时她仍然要絮絮地说上好长时间：祖父祖母，爷爷奶奶，我和爸爸还有哥哥来看你们了。你们去年过得好吗？你们要保佑我们一家人都身体好，保佑我和哥哥都在外面挣很多很多的钱……在奶奶坟前她说得尤其多："奶奶，你不要再给我托梦了，没钱了就给爸爸说，让他烧给你，我和哥哥回家了，自然会来给你烧纸的。”

妹妹老是说：“奶奶今年又给我托梦了，说她在下面没有钱花。”

“那奶奶怎么不找我要呢?”我说，“我从来没有梦见过他们。”

“你那里太远了，奶奶找不到。”妹妹认真地说。

从十五岁就外出打工，东飘西荡了好几个城市，从保姆到餐馆服务员、超市推销员、清洁工，初中未毕业的妹妹，吃了很多很多的苦，仿佛该我们兄妹俩分担的苦难，都被她一个人承担。她相信祖先有灵，泉下有知，如儿时相信每一朵花都拥有灵魂。只有在这个时候，我才在她身上看到天真稚气的童年影子，这才是比我还小的妹妹，而不是一个被苦和累迅速闷熟的大人。

2

川东地区，传统的民房结构都甚为俭省。几根横竖交织的圆木，构成墙壁的骨架，方形的空隙间镶嵌着密密的竹篾，涂上厚泥，再刷上白色的石灰，一堵墙就这样造成了。刚刚修好的时候，灰褐色的木头在洁白的墙壁上隔出好几个方框，一格一格的，远远看起来甚是漂亮。可是时间一久，石灰都变成灰色，泥灰也脱落了，露出里面腐朽干枯的竹片来。

如今，在乡下，这样的房屋已经极为少见。无数外出务工的农民，挣得钱回家，第一件事几乎都是推倒自家的木头墙壁，建起砖石混搭的小楼。新房屋多数是两层，青瓦覆顶，正面贴上白色的瓷砖，有心的人家还混用蓝色红色瓷砖，在墙壁上嵌出美丽的花；侧面和背面则一律是砖红色。屋前屋后都有高大的常绿乔木，绿树掩映。登高一望，起伏的丘陵之间，白墙、红砖、青瓦错落有致。这诚然也像个新农村。但是，漂亮的房子里面并无居民。

在这个其实不算贫瘠的村里，留守的人口仅仅只有六十七人了，都是五十岁以上的老人和十六岁以下的孩子，没有一个年轻人。像我一样外出的年轻人，见过了世面，经历了城市里的生活，就不会再回来。他们丧失了在乡下生存的本领，却可以在复杂的都市谋得生计。

门口坐着的老人，迟早会走到墓地里去，小孩子长大成人，也会到城里谋生。一个时代悄然来临，一个村庄悄悄死去。起伏的丘陵之间高低错落的房子，新也好，旧也罢，最终都会成为村庄的骨殖。

3

从县城回乡镇的中巴车挤得满满当当，大家都在说今天早上发生的一起车祸：一辆回乡的小车在高峰镇外三里处撞死了一对老夫妇。中巴车上的售票员消息最为灵通，她说那对死去的夫妇本来是去女儿家吃年饭，夫妇俩在公路边走着，小车不知怎么歪了方向冲下水田，直接把他们撞飞了。

“两人都死了，”她大声说，语气仿佛是在说一件很有意义的趣事，“我们上午经过的时候两人都还直挺挺躺着，没人来收尸。小车还停在田里，没拖走。”

人群中发出惋惜声，有人说：“果然是迈不过年关啊。”

“现在大概人和车都还在，”售票员继续用兴奋的语气说，“出事的地方现在有交警，没座位的人到时辛苦一点，下车，走过去，可以好好看看。”

为了逃避检查，超载的客车时常在检查站附近停下来，放一部分乘客步行，过了检查站再把乘客装回去。这是乡镇客车常用的应付手段，所有人都习以为常。临近车祸地点，中巴车停了下来，我和一帮站着的人不待售票员招呼，主动下车步行。有轻微的风，送来哭泣的声音。水泥公路上满是紫红色的鞭炮碎屑，知情人说这是家属们放的丧炮，与过年无关。

在车祸地点，聚了很多人。小车依然躺在田中，是一辆云南昆明牌照的尼桑车，挡风玻璃已被撞碎，说明当时撞击力不小。冬天，田水干涸。死者已被亲属裹上白布，一左一右，躺在简陋的木板上。赶来的亲属一边哭泣，一边就地插上香烛，烧起纸钱。干涸的水田里只剩水稻桩子，地里的麦苗长得稀稀拉拉。附近的土丘上站满了看热闹的人。

人群中断续传来的消息是：司机是永平人，在云南昆明打工，这次过年，就开着老板的车回来。也许是疲劳驾驶，不知怎么就开到田里，撞死了夫妇俩。令人稍感安慰的有两点：一是这个司机听说有钱，赔偿不成问题；二是这对夫妇总算是同年同月同日死，不枉了夫妻一场。

对死者家属和司机而言，这是一个无法安乐的春节。不知会不会有人在除夕夜流眼泪？此地距离我家，步行不过半个小时，触目皆是故土风物，丘陵之间，刮着我熟悉的风向不定的冷风。

十天之后，我再次从家里出发，坐上了从乡镇开往县城的中巴车。车上仍旧挤得满满当当。过车祸地点时，我朝外一望，但见干涸的水田和坡地上稀疏的麦苗，还未等我眼睛准确找到那块曾经停过一辆小车和两具尸体的稻田，车已经一驶而过，快得仿佛一页历史书翻过。

2011 年 2 月

过年

旧历的年底毕竟最像年底。腊月刚起了个头，街边小店就陆续贴出了“回家过年，暂停营业”的纸条。地铁上，携带大皮箱和大背包的人逐渐多起来，到了车站，左手推拉杆大箱，右手提蛇皮口袋，携妻挈子，奋力挤出，一拥而下。从行李的重量，可以判断家中亲人的分量。城市的道路开始空旷，越临近大年三十，车辆越是稀少。除夕前夕，整个城市就彻底安静下来，仿佛真有一只名叫“年”的猛兽要来人间走一遭，吓得家家关门，户户插锁。

乡村则开始热闹。以我故乡为例，这个位于重庆东北部的小村，迎来了它一年中人口最多的时节。儿童迎来父母，父母迎来子女，大部分人家，搬出了久不使用的八仙桌，摆齐了筷子，迎来了一个“一个都不少”的小团圆。逝者亦被记起，坟前冒出青烟，神主前燃起香烛。天上人间，同过一个热闹年。

归乡的人带回了金钱、礼物、亲人，也带回了城市病。首先是拥堵。任何集市都成为堵点。菜摊、水果摊、鞭炮摊、麻辣串摊等各式小摊摆在路边，乡民携篮提筐，摩肩接踵，东家买白菜，西家买水果，人流令小街水泄不通。误入其中的小车进退维谷，只能可怜地眨巴着车灯，跟随人流慢慢挪动。往日难见汽车的乡道、村道，一不小心成了停车场，动不动绵延数百米，挂外地牌照的小汽车如大蚂蚁排成长龙。这么多车万里迢迢从广东、浙江、福建、云南等地赶回来，锦车昼行，耀武扬威，真是意料之外，情理之中。并无交警来指挥交通，全靠司机自寻出路："你往后退，往后退。对头，就是啷个哩。""莫慌莫慌，等一哈再过，等一哈再过。""哎呀，跟你说了没得路了嘛，要栽到坎坎头去。"村道宽度不足四米，错车都困难，狭路相逢，只能一车靠边，留出空间，待来车缓缓通过。旁观的村民当起了"事后诸葛亮"："当初修路的时候，我就说了要四米五，结果还是按照三米五修，村书记真他妈宝器。"被骂的村书记反唇相讥："一个个都不肯多出钱。修宽一米，这个钱你来出？乡道才四米，你修个村道要四米五，你懂不懂规矩？"

其次是喧闹。乡村的除夕之夜，向来与宁静绝缘。最近几年烟火更盛。天色未黑，已经有急不可耐的烟花冲上了天。八点左右是烟火绽放的鼎盛期，远远近近的魔术弹，急速冲向天空，竭尽全力地炸开，放出一刹那的光，大地霎时亮如白昼。红的光、绿的光，五颜六色的光，把山坡起伏的影、大树森严的影，和人仰目而视的脸，映照得十分清晰。震耳的大音自始至终不曾停息，空气中也满是“幽微的火药香”。从大窗户中射出的光，照见一团一团的烟，缓慢地左摇右动。到了凌晨，照例又是一番惊天动地的新年炮，噼里啪啦，惊得群鸡乱鸣，群狗乱吠，群众放完炮仗，继续打麻将、斗地主。

第二天开门，满地红纸屑；空气显出心事重重的阴冷样，云也是灰白的沉重色。经过一个晚上的放肆狂欢，雾霾终于也来到村里。大年初一，吾村的空气似乎从未好过，昨夜的青烟未尽，今日的青烟又来，仿佛每个人过年的目标，就是制造更多的烟。这一天除了吃喝玩乐，别无他事可做。

以一年的离索，换三五天的团聚；以一年的清净，换三五天的喧哗。过年嘛，就是要有一点与往日不同的风格。

拥堵和雾霾，是城市繁荣的基本标志，这两项不严重，便不好意思自称大城市。吾乡除夕前后的拥堵指数与雾霾程度，似不在任何大城市之下。然而三五天的繁荣，并不足以挽救乡村不可逆转的人丁稀少之势。这一点，从废屋中探出头的大树知道，挂在树上枯干的柚子知道，无人上香的坟墓知道，行将就木的老人知道，年后离开的青年知道，天边的月亮知道，田里的蚂蟥知道……

“要想富，先修路。”二十年前，吾乡就到处有这样的标语。二十年后，大路终于修成。几千年来“凡有雨水，必行泥泞”的生活，就此作别。崭新之路，如灰色缎带铺于起伏的丘陵之间。到底是期盼的财神沿路而来，还是乡村的年轻人加速离去，只能拭目以待。

2017 年 2 月

我的婚礼

风俗也会随时转移。最近十来年，农村里的各式喜宴、寿宴，均视黄历为无物，为赶在村民离家前举行，多安排于正月。

我的婚礼，也不例外。

婚礼定于正月初三。初二早上，我尚在做梦，迷迷糊糊就听见有村民登门来帮忙，在我母亲指挥下，挑水、烧火、洗锅、刷碗。早饭后，置办宴席的人陆续前来，把冰柜里存放的大块猪肉取出，搁在厨房的案板上解冻。春节前就用砖砌在地坝边上的两口大灶，安上了两口大锅，以备蒸煮。鱼、鸡爪、豆腐、粉条、葱姜蒜等物需要购买，负责采买的人拿着清单上街；萝卜、白菜、红薯、榨菜，家家皆有，陆续有人友情赠送。各家的桌子条凳，陆续被搬来，聚在坝子中间，一张八仙桌配四条长凳，一张圆桌配八个方凳。第一顿午饭比较简单，每桌只有四个菜，分别是白菜煮豆腐、咸菜煮块肉、凉拌红苕粉、清蒸油炸麦粉团。大家也不坐下，站着乱纷纷地吃完，吃完各自干活。晚饭则隆重得多，宴席一共开了两轮，每轮八桌，每桌菜品十余个，满满上桌，乡里宴席必不可少的重头角色如粉蒸肉、糯米扣肉、咸烧白，也新鲜上桌。

第二天是正式婚期。以前的礼节，这天上午，男方家要组成迎亲队伍，敲锣打鼓去迎亲。如今媳妇早已进门，亲迎大可不必，拜天地之礼，也一并省略。堂哥作为长房长孙，代我向祖宗烧纸，口中念念有词："况家祖辈在上，今天是后辈况正兵结婚之日，请你们保佑他一家幸幸福福，平平安安。"我跟在后面，假装虔诚，心中暗暗好笑：娃都会走路了，今天才来昭告祖宗。不告而娶，罪过罪过。二十年前，假如一对夫妻未婚（非得办酒席不可，有结婚证也不算）而有子，脊梁骨大约会被乡民指点的手指戳断；十年前，说起来仍然有愧。如今携子而办酒席、宴宾客，人人视作平常，什么早生贵子，早变为先生贵子；最好左女右儿，凑成一个好字。

风俗礼仪，世道人心，无一不可变。

只有吃喝不能变。接来新娘后的午餐，吾乡称为"正酒宴"者，一直是婚礼的重头宴席，至为隆重。今天亦不例外。尚未开席，宾客们已经各自坐好，守桌待饭。饭前先放了六挂鞭炮、两桶烟花，当真震耳欲聋。震耳的大音未歇，桌上、地上、瓦上就传来细微的叮叮当当之声，是随烟花上天的土屑，陆续下坠。不一会儿土屑坠落完毕，包席的妇女们噼里啪啦掀开盖在搪瓷面盘上的毛巾，把筷子和饭碗发给宾客。打荷的人举着菜盘从厨房走出，大喊一声："开席了，各桌端菜，一桌一盘。"于是欢声雷动，宴席就这么开始了。

全盛时期，吾乡这样的流水宴席，一次开八桌，要四五轮才遍及全村食客；下午三点，仍有人等着吃饭。现在，一次开六桌，第三轮已不能坐满。与全盛之日相比，虽在人口最多的过年时节，乡村的人口仍比以前少了一半。

热闹固然谈不上，甚至有点冷清。假如非要找特殊之处，只能说特别土。

城市的婚礼，通常在酒店举行。宾客云集，司仪举着麦克风上蹿下跳。舞台中间摆着喜字，穿着婚纱的新娘站在这头，红着眼睛；穿着西服的新郎站在那头，手捧鲜花。在"今天我要嫁给你"的煽情音乐中，两人在舞台中央相遇。气氛热烈，仪式庄严。经过一场盛大婚礼的熏陶，有情人自不消说，就是强扭之瓜，恐怕也能生出“执子之手，与子偕老”的决心。古人最重婚礼仪节，不惜烦琐，良有以也。当此时，我往往被感动得要冒泪，心里生出“大丈夫当如是也”的大愿望。但轮到我当新郎时，所能给予新娘的，只是一场冷冷清清的特别土的婚礼。我偷望过去，见老婆神色怡然，白皙的脸颊上冒出红晕，因小儿夜哭，眼角隐有血丝；她无事可做，也无亲友可以交谈，长时间带着儿子在新修的水泥路上遛弯。哎……这样的人，你就这么特别土地娶回家了？

晚饭之后，宾客散去；聚在地坝的桌子条凳们功成身退，陆续被自家主人请回家。母亲卸下100瓦的大灯，又把电线卷起，小心藏好。关上大门后，她长出一口气，这场婚礼，在她一手操办下，终于顺利完成。婚礼花费5000余元，收得亲戚和村民的礼金19050元。数额之多，有点出乎我意料。我又数了一遍，转手交给母亲。她从中抽出几张，要塞给我老婆：

“这给你。拿去坐车，这是你们明天走的路费。”

老婆表示不要。母亲执意要给：“拿着拿着，是这个风俗。你们到了城里，要好好过日子。”

地坝上砖砌的大灶里，犹有余火，是一根桑树根在慢慢细燃。小梅姐姐提着灰笼来掏燃烧未尽的木炭，她的婆婆入冬时不幸中风，畏寒怕冷，不良于行。一场乡村婚礼的柴火余温，犹能暖手暖脚，助一个畏寒的老人，度过一个寒冷的夜晚。

2017 年 3 月

故乡是衰败的修理厂

大约十年之前，一过冬至，我便乡心顿起，怀念故乡的草木、饮食、故友以及日渐老去的父母。几乎有大半个月时间，我无心学习、工作，懒洋洋地读书、做事，不太急迫的事情，姑且放到年后再说。等到正月从故乡返城，精神状态顿时全变：路上做好了一年的打算，恨不得立刻开始工作，同时恼恨上一年度的散漫拖沓，誓要重塑自我。对我而言，一年一度的归乡，仿佛是机器回厂返修，换去磨损的零件，新加润滑的机油。七日乡居，遍聆乡音，遍尝乡味，将烦恼都消除，把喜悦都分享，再一次明确，当初出发时的初心。

最近几年，这种朝圣感一年比一年淡薄。回程之时，看着一段段熟悉的丘陵奔跑而来、跳跃而去，涌上心头最多的，竟然是对前途的惶惑。在父亲去世之后，惶惑之中，又增加了再也不想回来的厌恶。

我看得越来越清楚：我的故乡日渐衰败。

2010 年的冬天，村子败落之势已经非常明显。我曾在一篇短文中说：“漂亮的房子里面并无居民。许多房屋的大门和窗户都是牢牢封死，屋檐下堆着秋天从地里砍回来的玉米秆，以作来年的柴火。门口的石阶上长着青苔，屋后的菜地自然已经荒芜。落光了叶的树枝上，没有女人来挂小孩子大红大绿的小衣服。就是屋前的果树下，也落满了淡黄色的柚子和橘红色的柑橘。在这个其实不算贫瘠的村里，留守的人口仅仅只有 67 人了，多数都是五十岁以上的老人和十六岁以下的孩子。一个时代悄然来临，一个村庄悄悄老去。”五年过去了，村中人口更加稀少。五年前无人收拾的房子，五年后还是没有等到它的主人。

比无人照料的房屋更加令人伤感的是逐年生长的坟茔。我从十九岁时正式离乡，一路从成都到杭州，离小村越来越远，每年冬天，我如鱼儿洄游，按时打道回府。归乡路上，总能见到新坟在路边冒出，纸花鲜艳。父亲会给我讲坟中人姓甚名谁、生平故事、如何仙去。讲到与家里颇有感情的人，父亲也不禁感慨流泪。直到 2012 年，父亲也成了坟中人。

2015 年春节，我给父亲扫墓。墓旁新添了一座新坟，其中埋葬了我的“徐保”。我出生时，神婆算出我“厄自西北来”，要根据生辰八字选择一人作保，以渡难关。独自一家住在西北角的徐保被选中，我便认了他做干爹。在2002年左右，他家里还依靠煤油照明，用不起电灯，穷困至极。他的两个儿子，没一个按时完婚；二儿子从打工的新疆终于带回来一个神志不太清楚的妇女，又在某年的大年初二赶集走失。他是一个生于斯、长于斯、殁于斯的受苦灵魂，是我的守护人之一。

吾乡风俗，是在大年三十和正月初一给亲人上坟。废弃的土地太多了，要穿越丛丛苍耳才能到达坟前。烧黄纸、放鞭炮，荒野中何处有青烟腾起，便知何处有坟茔。鞭炮声也此起彼伏，如高高低低的召唤。有时候纸钱引燃了坟头的茅草，便是一场小小的山火。上坟人在一旁看着坟头火光，并不扑灭，因为这是乐于见到的祥瑞。来上坟的人拖儿带女，多者十余人，少者六七人，浩浩荡荡，在田间慢慢行走。

往生越是热闹，此生越见孤独。

贺知章年老返乡，遇见了新生的儿童以及“不改旧时波”的镜湖水。他是幸福的人，儿童指向欣欣向荣的未来，镜湖水映照无法忘怀的过去，瞻前顾后，他都能获得慰藉。如今，贺知章式的幸福显然已成奢望。时代快速发展，推土机隆隆而来，一夜之间，旧日田园便成为高楼、工厂和道路，甚至连地名也彻底从地图抹去。

年轻人出走他乡，年老人驾鹤西去，伴随着人口的绝对流出，几乎可以预见，我们这个村子很难有复苏的可能。如果有可期的未来，那也不在这里。从古至今，许多繁华都转瞬即逝：王谢旧燕，飞入寻常人家；舞榭歌台，唯剩牧童横笛。一座小村的衰落，在历史的长河中都不算涟漪，它来它走，轻如烟云。唯有在长河中辗转游荡的鱼，才有切肤之痛，难以释怀。如果我是一台车，那些塑造我的人、熟谙我个性的修理者，已经放下工具隐退。

可是，每年春节，我仍想回来。故人渐逝，但草木长留，这块土地上的一草一木、一砖一瓦，都具有安心宁神的作用；甚至是喔喔鸡鸣，狺狺犬吠，听起来都像是亲切的呼唤，它们在呼唤我的乳名，请我慢一点、静下来。

在乡下，我几乎不会翻一页书，除了闲逛，就是狂吃，或者打牌，任时间白白流走而不觉得罪恶。我到处游走，看到可叹的衰落，也看到可喜的变化。熟悉的小路被杂草占领，但水泥公路修到了家门口，汽车可以一直开到屋檐下，出发或者归来，随时都是坦途；自来水进村了，从水龙头中流出清水，只是连续两年春节，白天都断续停水，水井还不能完全不用；远方的山峰，以前巨石嶙峋裸露，铮铮铁骨，如今长满小树和灌木，无人砍伐，像刚刚长出细绒毛的幼兽，线条润泽……这是我记忆中的故乡，闭上眼睛我也不会迷路；这又不像我记忆中的故乡，每个角落都有点不同。当我像一辆疲累的汽车翻山越岭驶回故乡，驶回这衰败的修理厂，尽管已经没有熟悉的修理工前来迎接，但只要我站在家门口，站在路边，站在父亲的坟前，我就又一次获得了奋发前行的动力。

无论走得多远，只要这个名叫故乡的地方，有人记得我、牵挂我、爱护我，那么，它就能治愈我。

2015年的春节来得特晚，过完年离开村子的时候，大地已经颇有暖意。走之前我去父亲的坟前，用镰刀剜去刺根，把茅草根撒在坟上。我烧了今年的最后一次纸钱，火光腾起，青烟萦绕。我有千言万语，欲对父亲诉说，却最终什么也没有说出来。

2015年4月　初稿

2024年3月　改

浮云游子

低头思故乡

支持我完成这段旅程的最大财富

就是从泥土中带来的朴实和放低自我的真诚

路遥：你是哪一个十五岁的少年

1998年，我十六岁，在重庆垫江一个叫峡口的地方读高一。学校门口，时常有人来卖便宜的盗版书，我每次路过，几乎都要驻足观看。因为囊中羞涩，仅仅只是看看，从不敢奢望带一本回家。

有一天，我在书摊上发现了一本《平凡的世界》。习惯性地翻到第一页，习惯性地读了下去，读到一个叫孙少平的少年，因为吃得过于寒酸，只敢在无人的时候去食堂，舀一点滴了屋檐雨水的汤喝。他担心被人看到，被人耻笑，因为自尊所以极度恐慌。我的眼睛有点湿润，似乎快要流泪。我清楚地认识到，一个和我有差不多的心境的少年，被一个叫路遥的作家写进了小说。

我花25元钱把它带回了家。那个时候，寄宿在学校的我一个月的生活费只有60元。花出了这笔巨款之后，我一个半月没有钱吃早餐。虽然在明亮的教室饥肠辘辘，痛苦地怀念一个馒头的香味，但是一做完作业，我就把它拿出来翻翻，内心感到充实和满足。我并不多愁，可是时常看着流泪，仿佛另一个我，流落到了一个遥远的地方，替我分担了许多原本属于我的忧愁。

以后，我又陆续读到了路遥的其他著作，《人生》《姐姐》《在困难的日子里》，在先锋小说大行其道的年代，这种强烈贴近现实并穿透现实的朴素风格，一次次赚取了我的眼泪。在和泪水相伴的阅读过程中，我的人生观和世界观慢慢地发生了改变。

那个时候，我并不知道这本《平凡的世界》已经获得了茅盾文学奖，甚至不知道茅盾文学奖是个什么奖项。虽然县城的书店里找不到这本书的影子，但是卖书的老板说它畅销。盗版是判断一本书是否畅销的最重要标准，这个流传在现在出版界的说法，在当时就已经适用。

三年后，我怀揣着家里借来的钱，只身一人来到成都。以后的日子，虽然也有断粮之虞，面对突然扩大的世界无来由的自卑和忧心忡忡的惶惑，但从来没有感到害怕。在艰苦的时候，偶尔会想到一个叫孙少平的少年，灰暗的天空中似乎就有了点阳光。

这时，我才知道，那个曾经深刻地影响了我的名叫路遥的作者，早在 1992 年就黯然辞世，死时家徒四壁，困窘无比。有好多人都说，《平凡的世界》耗尽了他一生的心血。

如今，路遥的书已经红透了半边天。这本《平凡的世界》也一而再再而三地印刷，不断改变装帧，成了一本畅销的长销书。我也成了成都一家出版社的小编辑。工作之后，为了维护职业尊严，我清理了读书期间所购的盗版书，或扔或卖。唯有这本封面早已破烂的《平凡的世界》，没有舍得扔掉。他还躺在我简陋的书柜里，和其他一些出身正大光明的书挤在一起，破破烂烂像个讨饭的孩子。扉页上，仍有我当年读完之后留下的一句题词：

平凡的世界，才是真正伟大的世界，平凡世界中的悲喜，是土地和岁月的悲喜。

——平凡中孕育的，原本是伟大

1998年11月30日

少年时的青葱岁月，只留下不多的痕迹在一本破烂的小说上隐现。其实距今不到十年，但仿佛过了好久。

从路遥逝世到现在，已经有十五年了。当年曾被他感动过的读者，已经长大。时逢路遥十五周年忌辰，网络上出现了好多怀念他的文章，怀念他朴素甚至是朴实的语言背后深沉的力量。有好多普通读者像我一样，说："路遥改变了我的人生，让我变得更充实。"有人说他是最伟大的当代作家，又有人说他还不能称为伟大。但是没有人否认他的优秀，没有人敢说《平凡的世界》不配得茅盾文学奖。

1986 年，路遥写完了《平凡的世界》。这个并不以才华见长的作家，被长达数年的写作折磨得心力交瘁。在稿纸上写下最后一个字以后，路遥站起身来，把手中的笔远远扔出窗外。孩子的分娩意味着母亲的苦难，路遥大概感到了相似的痛苦。

这部凝结着作家心血的小说却跟作家本人一样命运坎坷。路遥和贾平凹当时同是陕西文坛的领军人物，路遥历时数年写长篇，是陕西文坛的大事。但是很多人并不认为路遥有能力写出超过《人生》的作品。《平凡的世界》先是被当时影响最大的文学刊物《当代》退稿，后来辗转在《花城》上发表了上部，反响也并不大，似乎当时的评论家无人看好。《花城》发了上半部之后，居然没有再发下部。几年之后，颇费周折，才在另一家不主流的刊物《黄河》上发了下半部。

事实上，直到1992年路遥逝世，《平凡的世界》也没有得到主流文学界的高度评价。直到路遥逝世十五年后的2007年，著名的评论家韩石山依然认为《平凡的世界》是一部有问题的作品，“它只能给那些心地狠毒的人看，然后让他们更狠毒些”。1991年，《平凡的世界》获得第三届茅盾文学奖。当时就传说这是路遥上京活动疏通的结果。1992年以后，《平凡的世界》畅销，又被认为是死亡效应。等到它终于被文学史认可，作家本人，早已经走在另一条遥远的路上。

在许多时候，所谓的专家学者往往是后知后觉者，这个时代，也不例外。

2007年11月，陕西建立了路遥文学纪念馆。这是对作家成就的最好褒奖，同时，也不妨看作是对路遥朴素深沉文体的祭奠。只有稀缺的东西才会被搬进纪念馆，在这个喧嚣的当代中国，在这个骚动的文坛，路遥所代表的现实主义早已没有市场。朴素的写作登不上当代文坛的大雅之堂。只有真诚地并真实地生活过的普通读者，才会对路遥笔下的人物感同身受，并把他们的喜怒哀乐一遍遍念叨。

许多宗教都有转世投生的说法：人死之后，灵魂会找个地方投生，重新开始新一轮的生活。倘若路遥的灵魂也转世了，他也该十五岁，同我当年初次遇见《平凡的世界》的年龄差不多。他在哪一个地方过十五岁的生活？倘若他读到《平凡的世界》，是否有依稀相识之感？他还会成为一个天赋平平但是勤奋朴实的作家吗？

伟大的诗人李白杜甫一生都经历了许多痛苦，他们逝世许多年后，另一个伟大的诗人白居易安慰他们："天意君须会，人间要好诗。"我不同意。我希望在有生之年，再看到另一部《平凡的世界》，却不愿看到，另一个路遥的坎坷命运。

2007 年 12 月

艳阳不可辜负

1

川大中文系，古代文学课程是重中之重，需要两年四个学期的学习，且学分很重。据各种道听途说，古代文学的成绩好坏，是毕业时能否保研的重要参考；假如古代文学四个学期任意挂了一科，其他成绩再好，铁定保研无望。传闻不管真假，妥善对待总是没错。因此大一下学期“先秦两汉文学”正式开课时，全班同学无一缺席，教室里坐得满满当当，大家都在等待一位德高望重的教授登台授课。

来者却是一位四十多岁的教师，大眼宽脸，满脸红光但又胡子拉碴，看起来既活泼又颓废，加起来，就是严肃。

“我叫刘黎明，”他说，“这几个字怎么写，大家看看你们拿的课本，上面那个主编者就是我。”说完稍稍停顿，仿佛在等待掌声。“你们可以叫我刘老师，也可以叫我阿明老师或者阿明，但最好不要叫黎明。我歌没他唱得好……”

掌声没有，笑声却一片。

下课回宿舍的路上，同学们议论纷纷，但是重点不在于老师授课的水准高低和学问深浅，而是相貌。最后大家得出结论：这个刘老师，确实长得像个歌星，但不是帅气的黎明，而是那位唱“翠花，上酸菜”的东北歌手雪村。

“脸型和神情是很像，但是刘老师眉眼显然比雪村正气凛然啊，尤其是眼睛，亮多了。”一位同学说。

“那也是正气版雪村。”

于是，这位阿明老师就成了我们口中的雪村老师。

2

雪村老师公然鼓励逃课。

某一天风和日丽，他走进教室，看见学生们济济一堂，翘首以待。他把课本往讲台上一丢，抱着双臂，气急败坏地甩出三个问句：“你们今天怎么不逃课呢？今天天气这么好，你们知不知道成都好天气是多么难得？你们知不知道蜀犬吠日这个典故?”学生们面面相觑。

“你们知道吗，”他假装气愤地说，“因为你们不逃课，害得我大好春光只好来给你们上课。文学的目的是要感受世界的美好，能够主动去感受美好，才算文学学得好。以后你们会发现，听我一节课，不如去望江公园喝一下午的茶。我刘黎明随时都在学校，听我讲课容易，今天的好天气过了却再也不会有。下一天的太阳，就不是今天的太阳，永远不是。明天如果还是好天气，我就真不来了啊，大家自便了。唯艳阳不可辜负也。”

从来唯有防逃计，如今方见劝逃师。

某天的课程是《孟子》。他讲完之后，点名要学生们谈谈看法。被点名的学生热爱社会学，崇拜晏阳初和陶行知，整天想着如何改造社会。他站起来，大胆地说：“我是个务实主义者，我觉得孟子毫无用处。我觉得不光孟子是没有用的，整个儒家文化也是没有用的。当然文学也是没用的。”

雪村老师说：“我欣赏这位同学的率真。实用主义当然非常好，我个人也非常赞同。不过，人生中有一些虚的东西，是单用务实无法解决的。比如高楼楼梯的栏杆，毫无实用之处，但是没有栏杆，恐高的人是不敢爬楼梯的。当然，如果足够强悍，并不在乎楼梯是否有栏杆，但有人就生来畏高。人生不是一帆风顺，每个人个性也有差别。很多时候，一些恐高的人都会被人生逼着爬楼梯。这个时候，平时显得没有用的人文学科，就起到了栏杆的作用，在心理上保护我们安然度过。文学啦，诗词歌赋啦，对于社会看起来是真没有什么用，但是它对个人是有用的。……孟子其实还算务实的，到处都在讲治国的大道理。在先秦诸子中，最玄虚的其实是庄子。但是，最务虚的事就是治国平天下；最务实的反倒是庄子这样的逍遥游。鼓盆而歌，比什么都管用……”

3

有一天讲到了屈原的《九歌》。

开讲之前，惯例是找个学生先谈谈阅读感受。他的手指向我：“你，就是你。”

我惊慌失措地站起来，完全没想到会被点中。

“你是怎么理解《九歌》的？讲讲你读《九歌》时的真实感受。不论对错，大着胆子说。”我脑海中开始回忆高中时候在学校门口的书摊上买过的盗版《楚辞》。书未读完就不见了踪影，但屈原之作全部读过。《九歌》篇目和内容略有印象，当时阅读时的一些感想也依稀浮出水面，但鬼知道这些浮光掠影的印象是否正确呢。众目睽睽，今天无论如何得发出声音了。

我操着一口川普，在同学们善意的讪笑中，硬着头皮讲了我的理解。大意是："《九歌》是祭祀的歌词。祭祀的时候，各有男女巫扮演并唱出自己的歌词，比如扮演云中君的男巫，唱出的歌词，记录下来就是《云中君》一章；扮演山鬼的女巫，唱出的歌词，记录下来就是《山鬼》一章。除了独唱，也有可能有男女巫对唱，比如《湘君》和《湘夫人》，可能就是男女巫各唱一句，合而成章。祭祀上至神秘的东皇太一，下至普通的烈士。屈原在民间祭祀唱词的基础上略加整理，就成了《九歌》。至于我为什么会将《九歌》与民间祭祀联系起来，是因为我小时候曾经见过村里小规模的乡祀。我觉得《九歌》的歌词用来求神，是非常合适的。"

我结结巴巴地讲完了。教室一片沉默。

他请我坐下，然后开始点评，在点评中对我极力揄扬。"表达的是自己的观点，这本身就十分可贵。更可贵的是这种观点结合了民俗学的观察，所得结论与《九歌》研究中比较主流的观点近似，可以说是用正确的方法得出正确的结论。文学研究就是这样的，一点不深奥。希望你有空去读读闻一多研究《楚辞》的书。你就知道，你今天的观点有多了不起。”

他殷切的目光落在我身上，仿佛在说：“你资质不错，加油啊。”

4

“先秦两汉文学”课程结束之后，雪村老师没有再教过我。自此之后我们几无交往，我没有因学业上的疑惑而单独向他请教，也没有荣幸和他建立起共同喝酒的私交。学生们传播老师们的逸事，对他的评价是“洒脱不羁”与“金刚怒目”。这两样矛盾的个性，我没有机会深入领会。他未必记得我这个并不优秀的学生，但我因为他的鼓励，在以后的古代文学课程上特别努力，在古代文学和外国文学之间摇摆了一阵最终倒向古代文学。只是最后我醉心于宋代文学，他推荐的闻一多研究《楚辞》的书，到底没有看。

毕业那年，因为没有保研成功，我就选择了工作。最初还想着赚钱回去读研，但三年后还没有挣够读研的学费，我也就彻底放弃了学术一途。这一生学术的高峰，就在那个阐释“《九歌》是祭祀乐歌”的课堂上。回想起当年他瞩目于我的殷切和对我的褒扬，不禁深感惭愧。

2013 年 5 月，传来了刘老师因白血病逝世的消息。据学生们回忆，他人生的最后一堂课是 2011 年 11 月 24 日。此后化疗数次，休养半载，二次复发，最终不治。

得知他去世的消息后，我在书店买了可能是他生前的最后一本著作《焦氏易林校注》。这本书开篇的长篇序言，洋洋洒洒 87 页，后记中明白交代：作者杜志国是我指导的硕士，这篇文章是该生硕士论文的一部分。把未成名的学生的文章冠于自己著作的篇首，“唯德不唯师”，如此做的教授，肯定非常稀见。洒脱不羁的人生态度与揄扬学生的学术风度，于此可见。

刘黎明老师不是闻名天下的大师，他学术兢兢业业，个性可爱可敬，情感丰富，是一位让我永怀敬爱之意的师长。

在川大，同样的师长我还遇到过很多。这些老师关心学生的学业，也关心学生的人生状态。他们简单的片言只语，令成年却不成熟的我铭刻终身。毕业十年，他们当年的教导，曾指引我走过一些崎岖的路。

他们才是不可辜负的艳阳。

因为这个简单的原因，我永远记得他们。

2015 年 8 月

在成都的上海房东

1

第一次见面，她一股脑先抛出三个问题："有女朋友没有？抽烟不？喝酒不?"等明确了这几个问题的答案全是"否"之后，这个四十多岁的中年妇女明显露出了满意的表情。

"我在中介那里标的价是 600 元，看你们刚刚毕业，人也老实，就算你们 580 元好了。"

房子是个套二，两人合租再好不过。其中一个卧室非常大；客厅却很小，摆了一张饭桌后行走时不得不侧身；没有单独的厨房，只在阳台上摆了个煤气灶和油烟机；有床，有柜子，有冰箱，也有热水器。我们刚刚毕业，只求栖身之所，如此配置，已经颇为奢侈，房东还如此善意，分明是天上掉馅饼。

于是急忙签合同，交钱，拿钥匙；又趁室友还没走完，强行拉免费壮丁，四五个人乘夜色把衣服、图书等物品从期租 580 元的宿舍运到这月租 580 元的屋子里。城市中的新家就这么安好了。

收拾好后，房东来参观，她看了我的一堆皱巴巴的藏书，又一股脑抛出了一串问题："中文还要专门学啊，中国人不都会吗？你们找到工作了吗？每个月多少钱？我好替你们担心哦，不要到时候付不出房租啊，我还蛮喜欢你们的，希望能够长租……你不晓得，找个爱惜房子的租客也不容易。上一个租客，可把我操心死了。"

我信誓旦旦地向她表示，工作找到了，按时付房租没问题。此地离校近，上班也不远，各种满意，我们也想长住。

她说她家也住在这个小区，另一栋楼，离得近，有什么事可以打电话。

2

第二次她再上门大约是一个月后，同来的还有她的老公和女儿。那时我正在洗碗。

她先去看了两个卧室，点点头；又看了卫生间，也还干净。走到阳台上，她脸色就沉了下来。

“做饭时干嘛不开抽油烟机，”她不满地说，“你看这到处都是油烟，脏都脏死了。”

我连忙解释：“厨房我们用得也不多，开了怕费电。”

“费不了多少电。”她大声说，“每次炒菜时都必须要开油烟机。你看看，到处是油烟，啧啧啧……你们这些小伙子，一点生活常识都没有。房子交给你们真不省心。”

“我周末就擦干净，”我赶紧提出解决之道，“下次再做饭，我一定开油烟机。”

她气消了些，站在我旁边看我洗碗。我往碗里滴一滴洗洁精，然后里里外外地抹一遍，清水冲洗干净；再拿起另一只碗，又滴一滴洗洁精。

她冷笑一声，“你都这样洗碗吗？你好久用一瓶洗洁精?”

“大概两周。”

她一把夺过我手里的碗，“你站一边去，碗不是这么洗的。看我教你学个乖。”

她取过灶台上的锅，往里注满水，滴了一滴洗洁精进去，一股脑把筷子、盘碟、锅铲都扔进去，然后伸手入锅，拿起一只碗，里外揩擦，“这样洗了第一遍后，脏水倒掉，再用清水把碗冲洗干净，倒扣起来。……一滴洗洁精是要洗一锅碗的，可不是只洗一只；一瓶洗洁精要用三个月以上。你们这些小伙子，一点生活常识都没有，净败家。”

我唯唯，不断道谢，心里非常惭愧。

第二天下班回家，发现油烟机、灶台、阳台瓷砖焕然一新，油烟痕迹了然无踪。打电话给房东道谢，恭维她清洁搞得好，她没好气地说，我请阿姨弄的，我才没这本事。下次再弄脏了，这钱得你们出。

我信誓旦旦地表示，下不为例。

3

以后她隔三岔五常来，有时候遇到我们在吃饭，她就坐在旁边聊天，渐渐地知道了她的一些家事。

她在上海出生。三线建设时期，其父母响应国家号召，随工厂举家迁到四川江油。她在一个各项社会功能都十分齐全的工厂大院长大，并与同为工厂子弟的丈夫结婚，生下了一个女儿。她和老公，还保留了上海口音，可是她的女儿，已经不会说上海方言，满口川音。计划经济时代，三线工厂丰衣足食，颇过了一段好日子；改革开放之后，军用工厂纷纷向民用转型，大多数都失败破产。夫妻俩也下岗了。小区里的房子，是以前工厂效益尚好时修建的职工房，夫妻俩各得一套。如今只好租出来一套，以补贴家用。

“三线工厂你知道吗？”她问。

“知道啊，”我说，“当时怕打仗，迁了一批重工业厂到四川的深山里来，作战略储备，免得战时被人轰炸。”

她高兴起来，“哎，总算有人知道这事，小伙子有点文化……当时我们是悄悄地进来的，也没怎么张扬，甚至江油城里，好多人都还不晓得呢。……结果最后仗也没打起来，炮也没放一个，我们却从上海人变成了四川人，回也回不去了。想想真是不值得。”

我安慰她：“这些厂给四川倒是做了不少贡献。绵阳的长虹彩电厂，不就是三线厂转制成功的典型吗？我老家重庆的摩托车出名，也是建立在三线工厂的基础上的。”

“种一百朵花，最后活了两三朵，这笔生意的投入产出，效益还真是低呢。”她说，“反正无论怎么想，我都觉得我亏得慌。大话谁不会说啊，我留在上海的堂兄堂弟表弟表妹们，现在哪个过得不比我好？真是亏惨了。”

她说夫妻俩下半生的人生目标，是让女儿考一所上海的大学，名正言顺地回去当上海人。近在咫尺的川大固然弃之如敝屣，远在天边的北大清华也不入法眼。至于夫妻俩的晚年，“那一定是要在上海度过的，死也要死在上海。因为我们是上海人呢”。

小姑娘跟着妈妈来的时候，我送了一本英语辞典给她。这本辞典是我大一时在九眼桥旧书市场买的，四年来都没怎么翻过，光洁如新。

小姑娘当时读初二。

4

半年之后，因为合租的室友要去西藏工作，离开成都；我一个人无力租这么大的房子，正好同学王群栗要和老婆过二人世界，搬离了当时租的房子。他非常强烈地推荐我去填补空白，因为那地方地段更好，交通更便，且房租更低。

我决定搬走。略微令我踌躇的是，房租刚刚交了三月。

因为过错在我，押金我已经打算放弃；但三月房租假如要不回来，那就太心痛了。同学说，上海人精明呢，成都人也不耿直。我看这个在成都的上海人多半难搞，交涉结果预计不乐观。房租要不回来就算了，可别打架啊。

当然没有打架。我一说要搬走，她连叹了几声，然后就坐下来，拿了我一支笔，开始算账。

“你们交了三个月租金，两个月租金全退。这个月你们住了十二天，580 元除以 30、乘以 12，是 232 元，我还退你们 348 元。总共退租金 1508……”

“至于押金，”她抬起头看我，“本来是应该不退的，”（我心里一阵肉痛）“但我看你们刚毕业不容易，我做做好事，就全退给你们。这样算下来，我该退你们 2088 元。你们搬走后，我要请人来做清洁，清洁费一人一半吧。我就退你 2000 块吧。”

又一块馅饼掉下来了。我简直不敢相信自己的耳朵，想到此前的担忧，简直觉得自己真是小人。她算得这么仔细，诚然是精明，但这精明让我心服。

第二天晚上，她带钱来给我。我交出了钥匙。我和她一起下楼，在楼道中她边走边叹：“你们不租了，我还真有点舍不得。下一个房客，不知道还好不好相处？”

我说：“阿姨你人这么好，和谁都可以相处得来。”

5

如今十一年过去了。我早忘记了这位房东的姓氏，只记得她女儿要考上海的大学，一家人好名正言顺地回去。

不知道他们一家人的梦想实现了没有。

最近读《读库 1603》肖逢的《三线逸事》一文，其中提到江油县城旁边长钢一分厂的上海职工，初来时因为“文化大革命”动荡，稳定不下来，像候鸟一样奔忙于上海与江油之间，来去人员繁多，包车来去，前后往返六次之多；等站稳脚跟后，“他们成了时尚引领者，不仅传播来自上海的各种‘小道消息’，经常把上海最新潮的日用百货、服装、箱包、食品等带到江油，还把一些生活习惯带到江油，影响了当地人”。我想起了这位房东，不知道她是不是其中一员？

我想，作为房客，我欠她一句“谢谢”；作为四川人，我欠她很多句“谢谢”。

2016 年 7 月

小生意

纯粹是为最基本的生存找寻最微小的根基，仅仅是这样，绝无商人“通融南北货物”的豪情。巨大的城市里，他们出没于蛛丝一般纤细的小街小巷中，像蚂蚁一样卑微。

夏天的黄昏，城管的小车开走之后，她就推着小小的凉面车走到街边，开始微小的凉面生意。这是一个矮小的中年妇女，只有站在路边的台阶上，她才能从小车的玻璃柜上露出半个头。玻璃柜里，一边是一堆煮好的面条，揉成一堆，微微泛黄；一边是鲜红的辣椒，深褐色的酱油，以及雪白的盐和味精。

“来一碗？”她微笑着问一个站在面前的姑娘。

“怎么卖？”

“两块钱一碗。”她立刻动手取出一只塑料碗，预备做成这笔生意了。

“怎么这么贵?”姑娘显得很吃惊。

“物价上涨了,”她笑着说,“你也知道,现在什么都涨得厉害。”

姑娘踌躇很久,还是走了。这笔细小的生意胎死腹中。中年妇女把拿在手里的碗放下,安心等待下一个顾客。在这个物价疯涨的夏天,连肯花 2 元钱吃一碗凉面的人也并不太多了。她遇上的,是一个生意最清淡的夏天。

树荫下的男人的生意却没受影响。这个每到暮色来临就走到树下卖盗版影碟的男人,只穿着一条短裤,裸露着上身,大腹便便,手执一把蒲扇驱赶蚊虫。一张碟子四块钱,明码实价,童叟无欺,一次多买价格还有商量。这年夏天,没有随物价一起上涨的,除了工资还有盗版碟片。当没有路灯的小街被暮色完全包围之后,他摁亮一盏应急灯。惨白的灯光照着他面前摊开的光盘包装上,那上面印着持刀的侠客和没有穿衣服的女人。最后一个顾客起身走掉之后,夜色已经很深,他熄了灯,把地上的碟子装进包里,斜挎着走了。我不知道,他回的是城市里的哪一间出租屋。

在最热闹的大街上，你也许可以遇到一个推着三轮车的男人。车上挂着许许多多微小的商品，袜子、鞋垫、梳子、剪刀、发夹、打火机、胶水……各种不同的小东西，友好地住在这个小小的三轮车上，仿佛许许多多的细民，几代同堂，挤在一个小小的四合院里。男人推着三轮车在大街上行走，那些吊在铁架子上的小东西，就像小孩子一样荡来荡去，活泼得很。

附近唯一的一个菜市场被拆迁的推土机夷为平地之后，每天早上，这条不足百米的小街，就成了一个买卖蔬菜的场所。

每天天不亮，菜市就开市了。来这里卖菜的，多数是郊外的小菜农。他们推着一辆菜车。这菜车的祖宗显然是辆三轮车，但是进化出了五个车轮。后面的四个车轮托起一块木板，木板上面，整整齐齐地码放着各种时鲜蔬菜，大葱、莴笋、小白菜……干干净净的叶片上似乎还有水滴，我不知道那是清晨的露珠还是他们滴在菜叶上保持新鲜和重量的水。

这些从地里刚刚摘起来的蔬菜，比超市和菜市里的要便宜很多，起早来买菜的附近居民很不少。吆喝声和讨价声彼此混杂，夹杂着不幸闯进小街进退维谷的汽车尖利的喇叭声，在大多数早晨代替了闹钟把我叫醒。

等到城管开始上班，这些古怪的菜车就逐渐散开。小街安静了下来，这个时候我知道自己该出发上班了。小街上满是撕烂的菜叶和丢弃的菜帮。扫地的阿姨们一铲一铲地把它们倒进垃圾车里。刚才还聚在一起彼此吆喝的菜车，这个时候都很听话地走远了。它们到这个城市的其他地方去寻找生意。

一辆小小的菜车，奔波一天的希望，就是把肩上的负担，一点一点渗透进这个城市里的厨房中，黄昏时它好唱着歌儿，轻装回家。

一篮子鸡蛋的愿望呢？

有的时候，街边会坐着一个中年妇女，面前摆着一个竹篮，竹篮里盛着几十个鸡蛋。一块白色的毛巾，小心翼翼地盖着它们，像盖着孩子的棉被一样。

“鸡蛋，土鸡蛋。”中年妇女开口吆喝。她一天的生意，就是面前这篮鸡蛋。它没有像超市里穿了华丽衣服的鸡蛋一样，趁着这个夏天的洪水涨价，但是依然很难找到买家。

我知道，在十年之前的某个农村，一篮子鸡蛋的愿望，是一个月的盐和酱油。不知道十年之后的这个城市，它的志向，有没有远大一点点。

这是一个老年妇女，头发花白，干干净净的仿佛没有任何欲望，脸上横七竖八的皱纹，是红颜流走的时候冲刷的沟壑。她在面前搁下一块木板，上面整整齐齐地摆着报纸杂志。报纸都是过期的，一份 2006 年的《环球时报》，边角都已经卷曲。来去的行人和车辆把灰尘扑到报纸杂志上，她也不拂拭，任自己的商品一点点变得肮脏。

过时的报纸，没有价值，无人问津，她一天之中，也不可能做成一笔生意。

到了晚上，她忽然不见了，没有人关心她夜晚在城市里哪个角落栖身。白天，她再次出现，继续等待不可能的顾客。

只有在夏季，瓜果繁盛的季节，城市中才会有那么多挑着水果担儿的人满街游走，四处兜售。流动着的水果担儿，篮中自有清香，当他吆喝着从你身边走过，也许可以闻到藏掖不住的水果味儿，桃子、李子、枇杷、荔枝……即使干干的核桃，也自有味道。可是逐渐远去的吆喝声，却不含任何的诗情画意。

在车站附近，我本来只想买一斤李子，可是那个卖李子的乡下男人，非要把篮中仅剩的三斤全部卖给我。他说：“你看我马上就要回家了，挑着这点东西多不方便，你就当帮个忙，把它全部买了。我可以给你个低价。”

我尚在犹豫，他已经麻利地把全部的李子装进袋子里递给我。这笔生意就这么做成了。他接过了钱，连声感谢，转身就迈开大步，去追赶一辆开往郊区的公交车。

在一楼楼梯下，一个本来是堆放杂物的阴暗空间里，住了一个老人。他拥有一张单人床，上面铺着某个人送给他的棉絮；有一块破烂衣柜上取下来的长木板，用砖头垫了四角当桌子。他还有一辆只能推着走的自行车。

每天，他推着这辆自行车上街卖鞋带，一种几乎不再有需求的商品。他一根一根地卖，一根一毛钱。

这个时代，鞋带的寿命都比鞋底长，往往鞋底都断了，鞋带还完好。一天他能卖出几根？一天他可以赚得几分？

每走进一个新的时代，总有好多的商品退出历史舞台。可是有的人并不知道，他住在一个阴暗的地方，没有地址，没有门牌，没有邮递员来告诉他，一个时代远去的消息。

大头针，也是一种即将退出历史的商品。

在偏僻地方的集镇上，现在还能看到卖针的人。他们举着一块白色的塑料泡沫在人群中穿梭。泡沫上扎满了大头针，装扮得像一只被晒干的刺猬。

无论城市还是乡村，现在，只有很少的人还在使用这从农耕时代流传下来的纤细工具。当最后一个愿意使用这种工具的人也到另一个世界去了，他们的这种生意就再也没有价值。

时代的风潮，总是最先压垮最小的人。

“磨刀咧——磨菜刀——”这样的吆喝似乎总喜欢在早上响起。磨刀的老人在小巷中游走，腰间拴着小凳，手上拎着磨刀石。他们吆喝的时候，把最后一个音节拖得很长，令人不由自主想起冬天的黄昏里被夕阳拖得长长的树影，印在青瓦白墙之上。这种声调，自古相传，从古至今，少有变化。

变的是菜刀。

如今的菜刀，精钢铸就，不生水锈，也极少崩口。磨刀人的生意，越来越少，总有一天，他不会再出现在楼下那条小巷里。新技术的诞生，总要逼迫一些人另寻生路。

2007 年 5 月

侠客梦

从小我就是一个瘦弱的男孩，在与同伴追逐、爬树、摸鱼、弹珠的游戏中，我时常屈居下风。夏天的晚上我和同伴们一起打着火把去水田里夹睡觉的黄鳝，辛苦半夜也只收获三五条。其他人却可以夹回来半斤八两，给父母带到集市上去卖，换回来酱油和食盐。我的母亲哭了一场，将我一顿好打。可是经过艰苦的努力，我的技艺依然不能有所起色，只好痛苦地承认差距，甘拜下风。

好在我从不孤独。我大约是个早慧的儿童，小学一年级时，才识得寥寥数字，就开始读起了小说。笔画复杂的字，我也不查字典，单从上下文和字形中推测字义，半懂不懂，似通非通，倒也自得其乐。

乡下没有唐诗宋词，也没有《西游》《三国》，我能够看到的书，除了老师下发的课本，便是邻居家里的藏书，多数是封面残损的武侠小说。第一本武侠小说叫

《金剑寒梅》，主人公是个武功高强的书生，叫戈壁青。他有一头聪明的白猿，跟他一起行走江湖。在书中，江湖人物看到这个瘦弱的书生，都嗤之以鼻；等到动起手来，才知道其人武功深不可测。我喜欢上了这个人物，希望自己也能够有这样的境界：简单的、瘦弱的、不起眼的，却比任何人都复杂、强大、了不起。

“对不起，其实你不该来惹我。”说完，我便微笑着亮出兵器，一晃便到了敌人面前，朝轻视我的敌人发起进攻。敌人来不及抵抗，便被一招击倒，然后我在他难以置信的眼光中，拂衣而去。在许多个夜晚的梦中，我都梦到了这样的场景。在梦中我还会飞翔，一跃，上了屋顶或者树梢。掠过澄净的水面，脚尖在睡莲的叶子上轻轻一点。

在放学的路上，在放牛的下午，在照看窑火的晚上，我竭尽所能，贪婪地读着。这样在小学毕业的时候，已经有近百本小说装进了肚里。十二岁的时候，我的梦想是做一个侠客，仗剑走天涯。遇到贪赃枉法的官府和强抢民女的地主，就义不容辞，慨然出头。自然，会经历许多危险，峡谷深涧，峻岭绝壁，然而次次都柳暗花明，绝处逢生。敌人都来追捕我，当然，他们都不是我的对手。我给自己取的外号叫“正义书生”。美丽的侠女也倾慕于我，到最后归隐山林的时候，一龙携数凤，翩然远去，只在江湖上留下了传说……在一次又一次的自我鼓励中，我变得空前自信。

十三岁的时候，我第一次发现了自己的贫穷。离开父母到城里读书，生活中处处需要金钱，而我的口袋，并不像侠客一样，随时可以抖出碎银来；也没有本领跃上大富之家的墙头，悄悄盗出银子，自己留一点，剩下的扔给缩在屋里哭泣的穷人。我不是劫富济贫的侠客，却是缩在屋角盼望侠客隔墙丢金的穷人。十五岁的时候，我第一次喜欢上了某一个姑娘。然而在书中，并没有说侠客如何讨取女人欢心，他们要么一见钟情，要么是女人来讨好侠客。在这个姑娘面前我失去了自主，话也结结巴巴。二十岁的时候，我看见恶人把摆摊的小贩打得满脸是血，仰躺在地上像一条死鱼；这个时候我并没有像侠客一样拔出刀来，甚至连拔刀的心也没有，只想赶紧逃开，生怕恶人的拳头落到了我身上。二十五岁的时候，我已经习惯被人呼来唤去，有时明知不被人待见，还是要在人多的场合点头哈腰。

所谓坚持、坚强、坚韧，所谓正直、正义、正确，所谓自尊、自强、自爱，童年时给自己定下的做人准则，现在都没有实现。在武侠的书中，我学习了如何做一个强大的人，却从来不曾做到。我没有比其他人高尚，是我辜负了侠客。

生活的壮美，我也时常领略。日出时万峰探头，日落时群乌驮金；华灯初上时城市的霓虹招摇，暮色深沉时丘陵间散落的星火闪烁；松涛呜咽而来，汽笛凄然远去；皑皑雪景，浩浩水色；震震惊雷，窃窃私语……世界如此宏大，我们却如此卑微。在本质上，我的内心和我的外表一样瘦弱，我从来都是一个简单的、瘦弱的、不起眼的男孩。——生命是一只虱子，爬在华美的袍子上。

2007 年 12 月

听取蛙声一片

人生中好几个睡不着的夜晚，想起来，都不缺少蛙声。

2010年5月，我初到杭州，住在单位分派的宿舍里。房间十平方米，墙壁刚刚刷白，屋里仅有一张下午从石祥路旧货市场淘来的床，床上铺着刚买的竹席，竹席上躺着一只竹枕和一个翻来覆去的我。我睡眠很浅，半夜起来喝水，听见窗外传来咯咯的聒噪，凝神一听，确是许久不闻的蛙鸣。呱呱呱呱，哇哇哇哇，啦啦啦啦，一声刚刚出发，另一声就从后面撞碎了它，传到人耳朵里的，全是细碎的残响汇合而成的高亢声调。

天亮后我从十七楼的窗口往外望，发现了一片长满灌木杂草、围着围墙的大空地，似是一块拆迁完毕等待开发的土地。空地北面，一条小河沟被拦腰截断，“地铁施工”的文字清晰可见。原来小河因地铁工程而被截断，变成止水，空地又无人打扰，遂成了青蛙的天堂。夜晚的合唱，就是在这里举行的。

留在成都的书陆续由朋友寄到。我买了桌子、椅子、书架，屋子就渐渐像家。另外的房间也住进了室友。我们很快成了朋友，一起分工做晚饭。吃饭时常常听见蛙鸣，不由得感叹："这地方真有野趣，不愧为很有发展潜力的城乡接合部。"

2011 年 7 月，父亲病重，我回老家陪伴。睡不着的夜晚，皆有蛙鸣相陪伴。比起城市中略显细弱的合唱，农村中的蛙鼓就更加盛大。这是我熟悉的音调，童年时它令我睡得很香。但那段时间它像潮水的轰鸣，肆无忌惮地冲击，令我恐慌。晚上我站在稻田田坎上仰望，但见热闹的星空，时有流星告别银河，坠落凡尘。我朝稻田扔石头，对着黑夜中不知疲倦的歌唱者怒吼，发泄我的困惑。但青蛙们并不理会，我越悲伤，它们越豪放。天地大舞台，人心痛苦的声音，似是观众的喝彩，激起演奏者们更强的表演欲望，把人间的喜剧推向高潮。一个月后，父亲不治离世，父子情缘，此生再不能相续。唯有那高亢的蛙鸣，在乡间的稻田起落，填满每一个繁星丽天的仲夏夜。

在古代，在乡间，蛙鸣预示着丰收，"稻花香里说丰年，听取蛙声一片”。不独农民喜欢，并不躬耕的文人雅士，也把蛙鸣视作管弦之乐，入诗入词。北齐的孔稚圭，故意不剪除门庭草莱，吸引群蛙来栖，将蛙鸣当鼓吹，自得其乐。这已经很雅了。但是晚唐的吴融却嫌他见识不精：“稚圭伦鉴未精通，只把蛙声鼓吹同。君听月明人静夜，肯饶天籁与松风。”蛙鸣何止是人造的鼓吹，明明是天籁。当然，嫌恶蛙鸣的人并非没有，如跟孔稚圭同时的王晏，就嫌蛙鸣太吵。但孔稚圭一反驳，王晏就觉得羞愧，仿佛不能欣赏蛙鸣，人生境界就落了下风。世易时移，到了当今的都市，蛙鸣就不再这么受欢迎。把区区蛙声当作鼓吹与天籁的孔稚圭和吴融当然是不会有，嫌恶蛙声的王晏却多了不少。城市中的一些小区，建有池塘、小溪，引水而来，颇具雅致。可惜流落至此的青蛙们，夏夜的欢唱却不被居民待见。春来蛙儿一发声，便有人来驱之赶之，涸泽以捕之，甚至在蝌蚪阶段，就投药毒杀。2009 年我在成都的时候，经过一小区，恰逢工作人员毒杀池塘蝌蚪。死去的蝌蚪漂浮于水面，四腿宛然；颜色尚未变青的幼蛙，被网兜捞上来，仰面弃于池边水泥地上。有那么一瞬间，我觉得自己就是其中一只，仰面躺在水泥地上看天。假如蛙能够选择，它肯定宁愿在乡间污浊的稻田中自由歌唱，也不愿在此清流中噤若寒蝉，朝夕有性命之忧。

在都市中成长起来的人，以工业文明的马达为乐器，在轰鸣的汽车声中能够安然入睡；视农业文明的蛙声为噪声，被小区池塘中零星的蛙声搅得难以入眠。这无关乎人生境界，仅仅是习惯而已。以我为例，初到都市中为市声惊扰，辗转反侧，如今没了噪声反而觉得不惯；年少时在蛙声中安然，如今归乡，却要被青蛙们吵得失眠。与孔稚圭和吴融的时代、甚至三十年前相比，我们脚下这块古老的土地，现在生养的是习惯了新的审美追求和人生态度的人群。

我的父亲一生乡居，生死都在一地，人生的每个夏天，都有同样的蛙鸣相随。我在蛙鸣中出生，青少年时期枕着蛙声做梦，现在入城，已习惯在汽车驶过路面的沙沙声中入睡；夜晚偶闻蛙鸣，仿佛少年时候的朋友来敲窗问候，勾起回忆。我的后代，则将降生于城市，他会成长为嫌恶蛙声的王晏吗？以后，我或许要以白头宫女谈论天宝旧事的口气，向后代讲述青蛙们夏夜盛大的合吟……不过三代，未及百年，一片蛙声，竟成旧迹。

2015 年 9 月

何以解忧，唯有跑步

从假山新村搬到九堡镇，我的跑步生涯，便从大运河时代跨越到钱塘江时代。

变化当然非常明显。运河两岸，桃柳夹植，青樟桂花，俱为佳树，但树荫中的游步道，乃为散步而建，凹凸不平的大青石，特意弄出些崎岖的味道。我跑了几次，便深感此途险恶，一有不慎，即有跌打损伤。钱塘江堤，大约是为了方便巡堤报险，路面甚是平整，视野极为开阔，跑起来就十分舒服。虽然水泥路面略显生硬，不如塑胶道柔弱可亲，但比之令人畏首畏尾的大运河游步道，已好太多。在此优良环境之下，我如不跑个痛快，便是暴殄天物。

何以解忧，唯有跑步。跑步是孤独的运动，也是孤独将我推向跑步。下棋、乒乓……大多数运动都需要旗鼓相当的对手，篮球和足球甚至需要较好的场地。三十岁前，我的常规运动是篮球。来到杭州之后，意气相投的球友难觅，再没有投丢一球之后不断给你喂球的兄弟，无兄弟，不篮球，时间一长，索然寡味。只有跑步，是一个人的运动，没有竞争，没有对抗，也就没有输赢。像吾等这种青春远去的“奔四型”中青年，孤独的跑步实在是最合适的运动。何以解中年将至之忧，唯有跑步。

第一次跑步，纯属兴之所至。某天在大运河边散步，天朗气清，温度适宜，一条大船突突而过，奔跑的冲动，突如其来；于是浮生一个常规步行的下午，便成跑步的开端。一千米后，我已气喘如牛，不得不停下来；回想起少年时翻山越岭面不改色的峥嵘岁月，不禁悲从中来。三个月后，我已经可以轻松完成三千米，接着五千米。同时，脑海中也诞生了一个“跑步小人”，又黑又瘦但脾气很坏。他与“宅男小人”争论，总是气盛言宜，能占上风；论起武力，又能把赖床的“宅男小人”从被窝中拖出来打个半死。

有一天早上我兴致勃勃，跑得格外远，沿着上塘河道，累了就走，歇了再跑，一路跑过了城北体育公园、东新关、上塘河风情小镇、北景园，最后到达了一个叫千桃园的地方。这是一个新修的公园，石头、栏杆、水流，都显得干干净净。新栽的桃树，挂着营养水，花却开得十分热烈，一簇簇，一朵朵，红的像火，白的像雪，相互纠缠，相互掩映。我在其中，流连忘返，桃花流水，相映成趣。如果世上真有桃源，一定是这番模样。这里是皋亭山下，七百多年前，蒙古铁骑翻越皋亭山，杭州已经无险可守，太后出降，南宋遂亡。世易时移，七百多年后，马蹄践踏之所成了花海。是跑步赐予我偶遇这些风景的机缘，它对我的吸引力，超过强身健体。何以解忧，唯有相遇；何以相遇，唯有跑步。

古今作家中，最爱跑步、最得跑步真谛的，我以为要算不能跑步的史铁生。1988 年史铁生写了一篇短文《我的梦想》，下肢瘫痪终身坐轮椅的他说他最喜欢的运动项目是田径，“最喜欢并且羡慕的人就是刘易斯”。2001 年，史铁生见到了他的偶像刘易斯，他对刘易斯说：“我最着迷的是你跑起来的美。你是我的梦想。”永远不能实现的才是最宝贵的。每想起这个故事，我便黯然。假如用史铁生一生的文学成就来换一双健康的腿，我想史铁生肯定愿意。没有《秋天的怀念》，没有《我与地坛》，世界并不缺少什么；但要是没了跑步，则世界将暗淡无光。

2016 年 11 月

相亲记

1

毕业两三年后，身边单身的同学越来越少。聚会时成双成对的鸳鸯中，独我一只野鹤，孑然一身，形影相吊。同学们比我还着急，开始为我牵线，有时候会明言：今天去划船，其中有个某某，是我同学的同学、朋友的朋友，你们接触一下；有时候啥也不说，热气腾腾的火锅边，坐了朋友的朋友、同学的同学，大家举筷下菜，举杯喝酒，饭局结束，各自分散。回家路上，突然来一个信息："今天为你安排的相亲又失败了。"我气不打一处来："你个龟儿不早说。好歹我梳个头发，换件衣服，殷勤倒茶，挣个表现……"细想潜伏的相亲对象，只记得火锅的烟气裹住了对方的脸，五官全无印象；又追问失败原因，以备改过自新，答曰："人家嫌你太矮。"哎，这个缺点没法改进。

第一次对象明确的相亲，是我爷爷的干儿子的弟弟张罗的，拐弯抹角算起来，是三叔。三叔的大女儿，嫁到城里，丈夫是电力局员工。其同事又有一女儿，正在西南师范大学读研究生。其父母希望找一个人品端方、学业有成的本县籍女婿，免得独生女儿远走高飞。大姐姐以伶牙俐齿，添油加醋塑造了我的英武形象，打动了求女婿心切的夫妇。于是大年初二，借邻家姐姐回娘家的机会，一家三口偕来乡下，借口游玩，实则面试。

见面的地点选在三叔家。三叔家与我家相距二里，同村而不同湾。我遵嘱早早来到三叔家，坐在门前的长凳上一边嗑瓜子、剥花生、剖柚子，一边等待。不一会就等来了一家三口。经过一阵"指认"之后，大家就在长凳上坐下，一边嗑瓜子、剥花生、剖柚子，一边闲聊。

一开始我不把这次隆重的会见当作相亲，只是先认识一下嘛，又不奔着结婚而去。哪知道半个小时后，我父亲的身影从竹林中闪现出来，盛情邀请客人去我家一坐。这时我觉得不妙：这不就是典型的农村式做媒场景吗？这么快就父母见面了吗？果然，到了我家之后，邻居们都围上来聊天，带着客人到处参观我家的破屋，这个说：“房子破一点不要紧，以后两个娃娃也不住这里。”那个说：“娃娃我们从小看到大的，人品不摆了，听话得很；人又聪明，年年考试第一名。”长凳被拖出来摆在地坝中，大家围坐话桑麻。母亲拉着几个婶婶要去灶房中烧汤圆，其中一个婶婶边烧火边得意地说：“只要他们吃了汤水，就等于承认了亲事。”两岁多一点的外甥女，不知被谁唆使，抱着那个女孩的大腿，一口一个舅妈，叫得又甜又脆；叫得我心肝儿颤抖，战战兢兢，汗不敢出，生怕女孩一气之下，扭头就走。

这场相亲的最后结果，是我收获了女孩的 QQ 号。后来我们互加了好友，但基本上没有聊天。听说她毕业之后去了深圳。我没问过她的名字，也记不清她的样子，只记得她长得白白净净，极有修养，脸上虽然有尴尬之色，但仍耐着性子与我外甥女游戏。这次农村复古风格的相亲，是我众多相亲事迹中父亲唯一参与的一次。一年多后，他去世了。每次想起他在竹林背后突然闪现的鬼祟身影，以及邀请客人时的急切与惶恐，我就有点黯然神伤。

2

第二次相亲，就规模宏大了。这次是集团团委组织的联谊活动。那时我刚到杭州不久，中秋节，集团团委请外地青年员工吃团圆饭。有饭吃，我和老屈就高高兴兴去了。吃完饭，我们就想跑，团委书记程明达拉住我们："吃了饭不能跑，还有联谊活动，快去参加。"

联谊活动地点在庆春路外文书店。青年男女们浩浩荡荡穿过灯火明亮的书店，上到二楼一间大会议室里。四面墙都放着一排椅子，中间留出空地，像一个宽阔的舞池。椅子上三三两两坐着青年男女，大约是其他单位的未婚员工。进门时每人抽取了一张扑克牌，以作游戏时抽签之用。

那天晚上我运气不好，被抽中做游戏，和一个女孩玩真心话大冒险。环境非常吵闹，我常常听不清女孩的话，变来变去的灯光又令我晕头转向。中间过程已经记不得，只知道最后我竟然赢了，那个女孩需要上来抱我一下。她轻轻抱住我的时候，我非常紧张，两只手一直垂在大腿边，都没有礼貌地回应一下。旁边一个年纪比较大的妇女，可能是某个单位带队的"红娘"，对我非常不满：

“你紧张什么，你是个男人啊，又不会把你吃了。”

散场之后，这句话还回响在我耳边。我想我应该找到那个女孩，说一声抱歉，但一群期待爱情的青年涌出店门外，一眨眼就消失在树影斑驳的街道上。

3

第二年集团的相亲活动，我又报名参加了。这次目的明确，一定要认识一个可发展对象，毕竟时不我待，属于我的、单靠才华就能吸引异性的时间，越来越少啦。这次相亲，格局更大，是远赴上海，参观中共一大会址，既接受红色教育，又解决终身大事，把个人的幸福与国家的光荣紧密结合。我摩拳擦掌，发誓要借助革命先烈的力量，一洗去年中秋之辱。奔跑在大地上的我的爱人，我准备好了，来迎接你了。

可惜天不遂人愿。上车前，一群人聚在大巴前抽取角色。男抽男，女抽女，配对者坐在一起。我抽中了“梁山伯”，心里一凉：“这是个悲剧角色啊。”但是我还是到处找“祝英台”。不幸的是，那天有两个女性有事没来，于是纸箱中两个皱巴巴的纸条没人抽取，其中一个，就是“祝英台”。

我灰溜溜地爬上大巴，一个人占据了一排位置。

在欢声笑语的车上，孤独的梁山伯看着窗外；在参观一大会址两两配对的男女中，梁山伯一个人背着手游览；午饭时，梁山伯欲化悲愤为食量，不承想上海的饭菜分量真小，一盘菜端上来，还没转到面前，就已经空盘。踌躇满志的梁山伯同学，连一个异性都没能认识，更别提可发展对象了。当然，收获也并非没有，下午梁山伯溜到了福州路古籍书店，化悲愤为力量，抱回了几本特价书。

4

2011年，我到黄龙洞游玩，道路尽头的树荫处，竖起一块巨石，巨石上刻写着一个巨大的“缘”。树上、路边石头上、廊柱上，都贴着写满字的白纸，凑近一看，都是相亲帖，自家条件一一罗列，理想诉求巨细靡遗。我顿时来了兴趣，一张一张看过去。正看得起劲，一个大爷盯着我：“你要找对象？”

“不……我就看一看。”

“年轻仔，要看去万松岭看。这里都是老年人。”

我这才注意到相亲帖上人物的年龄，多数五十岁以上。周围的人群，也以老人居多，或在散步，或在练拳，或聚在长廊下打扑克，个个都显得“夕阳红”。我急忙落荒而逃。

几年后一个周末，我又经过此地，仍见遍树的相亲帖，连伏地生长的麦冬上，都摆满了白花花的纸。我瞟了几眼，惊奇地发现，那些相亲帖的主人，基本上都是80后的年轻人，90后也不少，他们全部的骄傲和诉求，都写在那一张A4纸上。看来一个万松岭，已经容纳不下越来越多的青年男女相亲的需求，不得不侵占夕阳红的地盘。走在我前面的高个男生，被一个阿姨一把拉住：“小伙子，相亲不？阿姨家有姑娘。”那小伙子吓了一跳，急忙说：“不相不相，路过路过。”阿姨很不高兴：“不相亲来这里做啥?”她嘟囔着，眼角扫过我。我唯恐她扑上来拉住我，但是她对我视若无睹。啊，我明白了，又是我低调的身高掩盖了我的才华，免去了被抢去当压寨女婿的危险。

5

据说大龄青年的相亲，多少有点屈辱感。尤其是

"红娘"或"红男"介绍的相亲对象质量越来越低，反映出自身越来越差的窘况。毕竟相亲也是一面镜子，坐在对面的那个人的模样，差不多就是你在介绍人心目中的样子。我很幸运，在体会到这种屈辱感之前，就幸运地遇到爱人，及时生子。这也是我现在能够用比较开朗幽默的心态回忆我的相亲史的根本原因。假如我还是一个可怜的单身狗，过往种种，将如针刺，心血滴在大地上，写出一个"惨"字。

"她曾满携欢乐/向他而来/他也曾徒步千里/前去迎她/但是一百年过去了/他们仍不能相遇/这片大地是多么广阔啊。"李娟的《我的阿勒泰》一书，勒口上写了这样一首令人绝望的情诗。回忆往事，我常觉得人如浮萍。风来水动，浮萍任意西东。它们短暂相触，然后弹开，此后再也没有遇见；它们终于相遇，黏在一起，直到枯黄老去。后者一生一次，前者屡见不鲜。那些相亲时没有后续的姑娘，是弹开后再也没有遇见的浮萍。想祝福，都不知道姓甚名谁。

就祝她们，后来都遇到属于自己的那片浮萍吧。

2020年5月

命日奇逢

任何一家医院，大约只有妇产科病房是喜气洋洋的。这里住的要么是待产的孕妇，要么是已经生产的妈妈。病房里新生儿的啼哭此起彼落，昼夜不息。家属相见，互道恭喜。其他科室病房，多的是送往的悲苦，独此处充满迎来的喜乐。另外，不知是我心情大好还是氛围影响所致，医生护士脸色看起来都特别温和，问一答十，很好相处。

只有母亲困顿于床。

妇产科病房里洋洋的喜气，是母亲们用一点点力气和血泪换来的。我们住的病房靠近产房。每天晚上，产房便十分热闹。产妇痛苦的声音清晰入耳，低沉的呻吟，刺耳的惨叫，如同呼唤的呐喊，近乎放弃的哭泣。一个叫“我受不了了，剖吧剖吧……”，另一个叫“怎么这么痛……”其间夹杂助产医生温柔的安慰：“好了好了，就快好了。”和淡然的回复：“你省点力气，轻点叫，等会还有更痛的。”生命诞生的过程，于母亲而言是一场酷刑。在深夜安静的喧闹中，我对自己的妻子充满感激。我觉得，人间应该有这么一条公理：一旦妻子艰难生产，把新生命带到世间，丈夫从此就有了永不相负的义务。即使最后造化任性拆散了这个家庭，男人也应该永远交绝不出恶声。

我们所在的医院在留下横街，位置偏远，交通不便，但环境十分清幽。朝北为小山二座，朝南为溪流一条。朝南极目一望，横亘着小河山群峰，山色青葱喜人。我们居于朝北的病房，与朝晖无缘，但小山近在咫尺，绿树灌木，都探出如婴儿小手般的细弱枝丫，攀窗欲入。9月26日有台风过境，我关上走廊的窗户之后，风雨声落在室外。但见小山上的绿树灌木，不停地、无声地，抬头低头，态度恭顺，如演哑剧，令人发笑。27日为中秋节，幸逢一个九年来最盛大的超级月亮。果然好月！才离山巅，尚带三分昏黄；未及中天，已然十成明亮。天公作美，又赐予人间一个皓月疏星淡云天。岳母最重中秋节，她说她在老家，拜月的仪式从未间断。今夜当然不可以例外。她以果篮为盘，托举着朋友前来探望时奉送的水果和月饼，带着妻子去朝南的走廊上拜月。仪式可简，虔心不断。我在病房里守着熟睡的小孩。这是我们这个小家庭第一次团圆之夜。何夜无月，何夜无团圆，但少人月两团圆如此夜者。

岁月难得静好，奇逢结束漂泊。我生于渝东，她生于朔北。相隔如此之远，但因为命运奇妙的赐予，我们最终相逢在东南、有“天堂”美名的杭州，并结为连理。漂泊的旅程和心境，都结束了。人间最奇妙的事情，就是面目各异、禀性不同的一群人，从各自的故乡出发，流浪到一处，相识相交，从陌生人开始，最终成为师生、朋友、知己、恋人、夫妻，没有血缘，但胜似亲人。

我有很多这样奇妙的相逢，它使我在困苦之时，仍然能够感受世界的可爱之处。我希望我的孩子，无所不可缺，但一生中定要有很多奇妙的相逢，体会到人之所以为人，那必不可少的喜怒哀乐。

因此，命（名）曰“奇逢”。

明末清初有位理学家叫孙奇逢，人称夏峰先生，是值得后人“高山仰止，景行行止”的一流人物。我不敢奢望他成为这样的人物，但希望他不要辱没了这个名字。

2015 年 10 月

谁似临平山上塔

1

知道临平这个地名，是从古诗词开始的。北宋诗僧道潜《临平道中》：“五月临平山下路，藕花无数满汀洲。”苏轼《南乡子·送述古》：“谁似临平山上塔，亭亭。迎客西来送客行。”我在中学时读到它们，屈指算来，已经二十余年。

二十余年前，我在地图上翻找临平的时候，从未想过，有一天它会成为我定居之所。2014 年底，因为娃在母腹，买房成了刚需。我开始四处看房，因为余粮不多，所以要求很简单：便宜，有地铁。接待我的中介兄弟先带看城北，说是未来发展高地；次带看城西，号称上风上水，杭州人都喜欢的风水宝地。他口中的高性价比房，我的钱包都嫌贵。最后他说，便宜的地方，只有临平了，那里如今是价格洼地。于是我们朝临平进发。先看欢乐城，次看银泰城，都是地铁上盖物业，起价一万余，价格虽低，但“洼”得并不明显。第三个楼盘距离地铁站有 2 公里，严格来说不算地铁房，但价格便宜。售楼部门外，站了稀稀拉拉几个人，举着横幅，控诉开发商无良：是此前买贵的业主，不满降价，前来维权。这等于告诉我，房子确实是降价了，至少我可以比这几个人买得便宜。销售人员又一直以送阁楼相诱惑。我打了几个电话，确定钱能借到，就决定交定金。一直紧紧跟随的销售人员也长出一口气，他站在售楼部门口，说：“这个售楼处以后会改成社区老年食堂，吃饭很方便。”又兴高采烈指着不远处的山说：“看，那就是临平山，隔得很近。”顺着他手指的方向，我看见一片灰蒙蒙的山形，好像有人用没清洗干净的毛笔，漫不经心在钢青色的天边画了一笔。

2017 年 3 月，房屋提前交付。2017 年底，房屋装修完毕，我开始蚂蚁搬家，一周一次，陆续把成箱的书和细碎的家当搬过来。春天来临，我站在阳台上看风景，窗外是幼儿园的斜坡屋顶，一个红绿灯挂在十字路口上，慢悠悠地倒数。两块巨大的空地，种满油菜、玉米，是周边上楼的农民不忘初心，穴墙而入，在里面开垦。2018年10月1日，衣服、锅碗、家电等杂物也莅临新房，各安其位。搬家工作就此完成。一对夫妻，一个小孩，一个老人，一套在法律上属于我、但大部分抵押于银行的房子，一墙壁的书，一颗终于不再搬来搬去的心：看看，只要善于凑合，谁都可以是新时代的六一居士。

临平距离杭州市区20余公里。最便捷到达的交通方式是乘坐地铁1号线临平支线（现在改为9号线）。这条线路非常有骨气：任何时候，它都是8分钟一班，雷打不动，完全不理会站台上翘首以待的长颈鹿和车厢中前胸贴后背的沙丁鱼。在早上，8分钟的等待时间，未免太漫长，通常意味着迟到和长时间的拥堵，所以进站的乘客，踩着运行的自动扶梯飞奔，不想浪费一秒钟。我需要把车开到余杭高铁站的停车场，然后搭乘地铁；晚上再乘地铁，出站开车。每天光是挤在地铁车厢中的时间，就需要50分钟，驾车和步行，又耗去半个小时；再加上两个人的地铁费、停车费，每天的通勤，费时又费钱，成本不低。住进新居的欣喜，很快就被曲折而拥挤的进城之路消解得所剩无几。我一度后悔居于临平，也力劝朋友不要再蹈覆辙；同时也不断地自我宽慰：你已经努力了，你不可能有更好的选择。你运气不错啦，你的房又涨价啦。

2

诗词虽在，景色不同。临平如今是一座小城。道潜所描绘的“藕花”“汀洲”之景，荡然无存，只留下一条名叫藕花洲大街的道路。这条路大部分路段与上塘运河平行。临平老城区就分布在上塘河两岸。城区中有意思的名胜，据前人归纳为三处：一为河中河，一为桥上桥，一为寺里寺。好记，但不好看。苏轼见过的临平山还在，巍然居于城市之中，把临平分为山南、山北两个部分，整个临平城区就围绕山展开。临平山周围，最好的场所都没有留给城市。山南背山面水的形胜之地，依次分布着一个豪宅楼盘、一处公墓、一座监狱。山北就更加荒僻，星光街牢牢贴山而行，另一侧多是低矮的门面房，集中了数十家修车店。几处山坳，似是树木栽培之所，多被围墙包围，教人进入不得。

元代诗人吴景奎写道：“舟过临平后，青山一点无。大江吞两浙，平野入三吴。”这首诗前两句写实，后两句就略显夸大。闹市之中的临平山，是杭州东向最后的一座山。自此一直到东海之滨的上海，均为平野。从地图上由西向东看，大江东去，它是天目余脉卑微的吊车尾；由东向西看，紫气东来，它是拖带群山奔向大海的领头羊。气势一抵消，就等于平凡。临平山海拔只有200多米，四周皆为阛阓，若此山有灵，山灵有知，“吞两浙”“入三江”的气魄，它肯定是不敢领受的。

但是，这座卑微的小山，对临平而言却很重要。在苏轼的时代，临平山及临平山上塔，已经是路标。北来旅人，见山与塔，就知杭州已近。今天它仍是杭嘉湖平原的观瞻所系。从沪杭线入城的旅人，在嘉兴海宁长安附近即可看见山与塔。它好比盆景中的假山、白银盘中的青螺，是一首诗的名言警句，一幅肖像的“颊下三毛”。整个临平城区，亏得这座小山，才境界全出。想想看：假如没有这座山，它与杭嘉湖平原上的其他小镇，能有什么区别？唐代的邱丹肯来此修道，顾况肯来此赋诗？它又怎么能成为宋时北行水路的第一程，引来苏东坡的“不见居人只见城”的离愁别绪？

旧时文人凑出来的“临平十景”，多与此山有关，如今大半已不存，剩下的看起来也没有什么奇妙之处。唯有青山常在，黄发与垂髫，怡然自乐于其间。对临平城区的百姓来说，临平山如今已成城中公园。从孩童到老年，在这里都有消磨时间之法：环山的游步道铺了厚厚的塑胶，夜游与晨练皆宜；东边山坳的儿童游乐园，有碰碰车、海盗船、旋转木马、空中小火车、亲子钓鱼……价廉，小孩玩得开心，大人也跟着重回童年。还有一座小动物园，养了一匹小马，几只猴子，十几羽笼中鸟，规模甚小，一看就是临平尚为余杭县治所时留下的“县级遗产”。

山是临平之眼，塔是眼中之仁。临平山上共有三处远望可见的建筑。最高处是整齐的平房，灰墙掩映于深树之中，仿佛尽量想自己低调一点。西侧的断岭残雪景区，有一座西佳阁，隐藏得更深，只能在西边山下合适的角度见到一角飞檐。他们都太低调。只有东边的“东来阁”，傲然挺出，勇于担当山眼的重任。行人从东边的大门入山，一路缓坡，步行20分钟，行至山腰，但见一座新塔巍然耸立。塔共九层，外形仿唐式，出檐的形状是非常少见的方形，极宽极阔，倒显得中心的塔体过于细瘦。塔体似用混凝土铸成，塔檐则是钛合金，银光闪烁，挺秀，壮观，现代，不能说不好看，但又有点古怪，令人过目难忘。登塔一望，东南西北皆为都市，林立的高楼鳞次栉比，宽阔的高架通向远方，河道与车道蜿蜒，车如蚱蜢，人如蚂蚁，远处有高铁，更远处有乱山纵横。

3

最初的不适期过去后，我开始满意。2019 年 5 月，我们摇到了浙 A 牌照，小汽车获得了高峰期进城资格。经过多方尝试，我们终于发现一条相对快捷且经济的进城之路：先高速，浙 A 牌照高速路免费通行；再高架，早上由东向西不那么拥堵。世纪大道高架通车后，上班之路就更加顺畅，只要起得够早，就无堵车之虞。旁边的火车货运站不时鸣响的汽笛，习以为常后也可充耳不闻，对生活根本没影响，反倒是围墙内外家狗野狗的犬吠，扰人清梦；不过狗嘴总有休息时，一月也就嚣张一两天。

从 2018 年算起，我居住于此已经三年。这三年，临平发生了日新月异的变化。迎宾路上的形如“三炷香”的雕塑，以前是入城的标志，如今拆除，原址上凌空架起高架桥。小区附近的世纪大道，也建起高架。站在曾经的售楼部门口，就完全看不到临平山了。窗外的两块空地上，长出了一排高楼，遮断远眺的视线。这个以前生长杂草和蔬菜的地方，长成了两个小区，长成许多人的家。围墙上，涂着广告语：“杭城青年理想家。”想必有许多像我一样的人，即将入住新居，以此为家吧。

冬天下班的时候，汽车驶上世纪大道高架，一路往北。这时候天已全黑，临平城一点点在前方显现。最初是黝黑的山形，接着看见山上的数点灯光，然后是辉煌的东来阁慢慢显现。游步道上的光带环绕着山，好像披了一条围巾，与山下城市的灯火交相辉映。东来阁金碧辉煌，通体透亮，光彩夺目。我知道家快到了，临平山上塔，指引我回到一个有晚餐、有老人、有小孩的叫作家的地方。这个地方，已经留下许多欢笑，还将盛满更多温暖。它可能是我此生最终的居停之所，也必将是儿子最初的出发之地。

对我儿子而言，他对千里之外重庆乡下的民居不会有记忆。他所记得的家，只会是杭州城外临平山下一个小区里的 100 平方米，并且永远不忘，就像我永远记得我的第一个家是丘陵之下三间漏风又漏雨的瓦房。

因为是家的所在之地，临平于我就有了特别的意义。它孤悬于郊区，半个城区属于海宁，老杭州人大多鄙视；余杭分拆后，临平独立成区，GDP 敬陪末座，长期来看也不大有前途。但它很适合我，这就是我喜欢这里的理由。与小区一河之隔的临平体育公园，敲敲打打中总算建成。这块被沪昆、宣杭等铁轨围绕起来的弃地，除了建成公园恐怕也没其他大用。公园的主题是体育，除了收费的足球场、网球场、篮球场、健身房之外，还有免费的塑胶跑道。跑道全长 3500 米，平坦，宽敞，跨过涵洞时略有起伏。我常来夜跑。夜晚，临平山上的山体和山脊，还有东来阁和西佳阁上，都亮起了灯。点点灯火，仿佛撒在绿草丛中的粒粒珍珠，大片柔和的光晕洒在树叶上，远看似有雾起。有时能看到明显的灯光浮动，不知是风吹动树叶，还是设计上的巧思。东来阁的灯光，更显璀璨，它有时金黄，有时紫红，七八种颜色变幻不停。十点钟，跑道上的灯准时熄灭，“嗤”的一声，公园坠入黑暗。临平山上的灯也同时熄灭，只有远处楼房中透出的一格一格的或黄或白的灯光，只有天上稀稀落落的几颗疏星，想代替已离场的灯火，尽力照亮这个被铁轨和高架桥交叉、包围的公园。四野静谧。十点十分，一列货车从高架铁轨上轰隆隆开过，拖带着 50 多节车厢。它哐当哐当，大声疾呼，不知疲倦，奋勇向前。远方有什么在吸引它？它以为这样努力地奔驰，就是对命运的抗争，就是对命运的挑战，却不知道，始终奔行在命运铺好的轨道上。

谁似临平山上塔，亭亭；我是临平山下客，冥冥。

2021 年 12 月

我们的编辑部

“浙江文丛”的编辑来自五湖四海，最远的吴迪来自黑龙江，最近的刘蔚来自浙江湖州；中原腹心，西南边陲，湖湘大地，皆把大好男儿送到杭州市市中心的一座高楼里。社里装修了 20 楼一间空置的办公室，隔出阁楼，楼下藏书，楼上办公。我们就成了整个出版集团距离天空最近的人。

楼下 68 个书柜按周易六十四卦编号，多出来的四个，众人讨论了一番，最后决定编为“元、亨、利、贞”。书柜里装满了自古籍社成立以来所购置的各种文献类书籍，有的是线装，有的书上还盖有“汉语大词典编写组”的藏书章，现在都成了我们的参考书。另靠墙有三个大书架，一个摆着常用工具书和古籍社历史上出版过的部分值得炫耀的典籍；另两个虚位，等待 500 册的“浙江文丛”逐一上架。现在，已经有 86 册书在书架上找到了自己的位置。

刚搬上来的时候，屋子里还飘着新家具的胶水味。每天上班第一件事，就是打开所有的窗户透气。新买的花草纷纷死去，连鼓鼓的仙人球，也像漏气皮球一样瘪了下去。作出牺牲的还有发行科的三条金鱼，6 月份《浙江日报》的记者来宣传“浙江文丛”，我们借了来养在屋里，一夜之后它们就全部翻了肚皮，壮烈殉职。

7 月初，第 100 册“浙江文丛”出版时，社里举行了一个小型的揭彩仪式。《刘宗周全集》被扎上了彩花，盖了一块红绸，集团领导前来揭彩。我们戏称为“掀起红盖头”。集团领导发表了热情的讲话，说这是浙江出版史上前所未有的大事，我们躬逢其盛。这是事实。然而激励我们前进的，并不仅仅是这种意义，除了借以获取生活的物资，还有理想主义的追求。七位编辑，平均年龄不超过 30 岁，除一位刚结婚之外，其余皆为“剩斗士”；虽然我们戏言“为真理和浙江文丛而单身”，但内心深处，我们都在广阔的大地上向（他）她而去。我们都是满怀期望的年轻人，奔跑在路上，坚信可以创造有滋有味的生活；我们都喜欢图书，有远大的出版理想和古怪的学术趣味。更重要的是，我们都认为：真正的书籍，不凡的文字，平静的述说，是最能温暖我们的理想国。这是我们辛勤工作的原因。

在某些人看来，伏案工作的编辑简直是多余的人，审读把关，阉割了精彩的思想；手民误植，破坏了完美的节奏：写书的人这么看，不写书的人也这么看。看得懂文言文、识得繁体字的古籍社编辑，图书卖不掉，赚不回钱，更是习屠龙之技的傻瓜，不仅无用，简直是封建余孽：普通人这么看，其他出版社的同人往往也这么看。“浙江文丛”的编辑，虽然年轻，对古书文献的热爱，却赶得上遗老的虔诚，完全抵消了他人的鄙视。应该感谢“浙江文丛”，没这个项目，我们这几个遗少，还得辛苦地觅食，编自己绝对不愿意看第二遍的书；有了这间小小的办公室，屠龙之技才有了用武之地，我们也找到了栖身之所。某种程度上，我们是幸运的，可以把自己的爱好和平凡的工作结合起来。

有一些时候，我在办公室待到很晚才走，从 20 楼的窗户往外望，看见城市的灯火。从一间间格子似的房屋中透出白色的、黄色的灯光，每一格灯火里面，想必都有一个故事；杭州大楼的户外屏幕上，闪回着汽车、戒指和高昂着头的男女；纵横的大街，汽车打着白灯而来，又眨巴着红色的尾灯远去。城市好生热闹，但是，要获得内心的平静却十分简单：找到一份自己喜欢的工作，滋养自己的朴素生活和远大理想。人世间大多数的烦恼，都源于不切实际的愿望和与人攀比的虚荣。

我常想，若干年后，回想往事，我还能记得什么。我肯定不会再记得排版时各级标题的字号，不会记得核对底本时酸痛的脖子和流泪的眼睛，不会记得一字一句读过的文章和一周一月排下来的出版节奏，甚至会忘了我们说过哪些笑话，臧否过哪些古人，摆过哪几桩古人的八卦，也许连“浙江文丛”这几个字都会忘掉。冬去春来，人来雁往，“浙江文丛”项目有结束的时候，编辑部肯定会有解散的一天。七位编辑，或许各奔东西。然而我们一定要记得：

我们曾经在杭州市市中心的一座高楼里，共同读过好多好书。

2012 年 8 月

读书与读人

1

据说，人生是一部大书。

当然，这话反过来也照样成立。睿智的人从书中获取生存的智慧；当他死后，一本自传就此完成，留给后来人做参考。人生如书，书如人生，两者相辅相成，彼此给对方提供材料和题目。庄子说，书是帝王之陈迹，古人之糟粕。但是实际生活中，绝没有这样自大的人。书生自不消说，四五十平方米的蜗居，也得划出一块地盘来安放书籍，美其名曰“容膝斋”，还宣称“审容膝之易安”，仿佛有了这方寸之地，心就有处可放；发迹之后的有钱人，也很少有不给自己置办一个书房的，落地窗，大书架，硬壳书。架上的书读与不读，另当别论，至少表明了自己附庸风雅、追求崇高的态度。附庸风雅向来不是坏事，有人肯费尽心机来附，正好说明风雅当道，典型犹存，世道人心，颇能向上尚贤。富人肯藏书，说明书作为智慧的象征和文明的载体，其地位还被人承认，总比历史上一切专制之主烧之焚之、当风扬其灰的举动，令人欣慰得多。

富人发迹之后和贵人退休之后藏书的举动，其实颇有古风。中国历史上向来有养士的传统。这个士，战国时叫“食客”，唐宋间称“幕僚”，民国时改称“顾问”。现在呢，不准养士了，但养士的传统并没有断绝，他只不过改头换面，另立了名目。富贵人养士的热情，都转移到藏书之上了。从实用的角度来说，书和士是一样的，都是良师益友、出谋划策、作为镜鉴、以资参考。唯一的遗憾是，书没有士那么喜欢脱颖而出、毛遂自荐，非得劳烦富贵者的大驾，恭请拜读，方才肯把肚里的智慧，坦然相告；而且，他也没有幕僚等人直言极谏的觉悟，虽有佳言谠论，总是点到即止，不肯再三进谏，没有当廷力谏的勇气，更没有犯颜死谏的气骨，一副“反正我说了，听不听随你”的臭脾气。

2

好书都是衣衫褴褛的寒士。寒士爱读书，日夜与圣贤之书为伴，久而久之，多少沾溉了点圣人余唾，成了博学之徒。可是无暇治生，家业往往不振，当铺倒是常去的地方，夏天当棉被，冬天当单衣，家徒四壁，形影相吊。能够吃饱穿暖就已经很不容易了，根本顾不得面容的修饰和形象的时尚。而一本好书呢，往往是出版社的本版作品，编辑千方百计要从作者的稿费中省出一点，仿佛寒士要从当铺朝奉手中多抠出点银子；封面上无关的装饰都要去掉，好比寒士尽量要求裁缝少在衣服上缝制花纹；四色印刷，没这个必要吧，仿佛寒士出门，步履即可，不必车马仪仗；切下来的纸张废料，给我们做成方形稿签吧，犹如寒士从裁缝手里取走废弃布料，拿回家做鞋底……只有那种不计成本只求美观的自费书，才财大气粗地讲究装饰，不计成本地寻求美观。真正的好书，敢于少作修饰、清汤寡水地在市场上裸卖，仿佛胸藏万卷的寒士，平时箪食瓢饮，傲然自得，偶有贵人招饮，便粗布烂衫，欣然前往，全不管自己夹在锦衣的酒客中间，显得过于异类。

但是，自古粗布荆钗不减国色的美女，人世向来少见；屠狗贩缯，眉宇间自有一股英武之气的豪杰，也绝迹很久。同样，敢于清汤寡水上市招摇的图书，也未见得就是好书。如今河东河西一番轮回，以往朴素的野菜卖出肉价，清汤寡水的书也敢于定出辣价钱，仿佛隐居的读书人，自炫身价，没有三番五次的聘请，没有方伯以上的职位，誓不出山。没钱的读书人，往往抱怨图书太贵，他们在溪水旁边发现了荆钗不掩国色的佳人，然而佳人的父母定出了高额的聘礼；在渔樵间寻见了粗布难掩英气的豪杰，但是豪杰的价码升格为锦衣玉食。读书人少不了一番犹豫挣扎，更多的时候是忍痛放弃。

3

一般人读书往往是为了审美，那种抱着挑刺的心态去读书的人，除了出版社的编辑和有关部门的审读人员之外，世上大约是很少的。无论是求知还是求闲，都是为了心情的愉悦舒畅。每个人年轻时候抽屉里都有一个小小的笔记本，读书的时候，寻章摘句，细心记在本子上，书读完了，只把这几句话记得熟，一本书缩减为一个简洁深刻的名句，这本书也跟着成了简洁深刻的名著。

但是世人读人的心态，往往却是审丑。每个人心里也存着一个笔记本，读人的时候，一旦发现缺点，总是记录下来。一番会见之后，对方缩减为几点瑕疵，那个人身上的优点，也跟着成了累赘。我们总是费尽心机从他人身上寻找缺点，好比我们从书中寻找知识一样努力。孔子教育学生，要见贤思齐，见不贤思止。这是圣人的教诲，普通人颇不容易做到。唯其难以做到，所以成功实践了此教诲的人都成了圣人。我们一向只能做到见不贤思止，潜意识里觉得身边的人都是庸碌之辈；至于见贤思齐的热情，只能发泄在历史书里的人物上。所以，人们都对历史先贤高山仰止，却对身边的人物白眼相对。普通人向来难以超越自我的局限，读书时寻美的热情，恰等于读人时找碴的偏执。

在电视剧《新白娘子传奇》中，二奶奶看不惯胡媚娘，她如此评价："你看她那个骚样，从头看到脚，风流往下流：从脚看到头，风流往上流。"我对这句话印象很深。世上不乏满纸烟霞的名文，但很少有这样风流蕴藉顺畅浑成的佳人。普通人都有这样的自知之明，所以一旦有人几次三番地把眼光对人上下扫描一番，再镇定自若的人也就立马变得局促不安，手足无措。倘若他知道对方是在挑毛病，便会不自觉地挺起腰来，仿佛要竭力维护形象的伟岸。同时心里也开始不安，早上出门穿了一只破袜子，这时那破袜子仿佛就要出来造反，随时向人出卖主人的邋遢。当此时也，再完美的人也要露出一丝忐忑，这丝忐忑反映在他人眼里，仿佛就有了些不可告人的鬼鬼祟祟。

4

在好多情况下，读书和读人都包含相同的人生体验。

把一本书从书店请进家中，跟把一位女子娶回家门一样，是一件极具冒险精神的举动。每个人都有自己喜欢的一类书，恰如每个人都有自己钟爱的一种人。在书店中，好书总是昂贵的，囊中羞涩的读书人，总需要鼓起很大的勇气才能慨然解囊。他估摸着这本书是否有用，用于何处，用处多大，能否替代等，殚精竭虑的思索，跟决定求婚之前的思虑一样细致绵长。然而花了辣价钱的书读完很有可能全无用处，它极有可能是金玉其外的败絮，借用名人的旗号，穿了高贵典雅的衣服，却既无新材料，也无新看法。深思熟虑的婚姻也有不如意的时候，围城中的不少男女总要为柴米油盐的生活怄气吵嘴。

束之高阁的婚姻和束之高阁的图书，一样残酷，在高处冷冷地看着我们的愚蠢。

古人有云："有白头如新，倾盖如故。"有好多人曾经是我们的邻居、同学、同事，甚至远亲。然而我们和这些人终究没有成为朋友，倒是一个来自远方的陌生人，突然之间成了知己朋友，彼此相亲相爱，无话不谈。白头如新的邻居、同学，是一本我们一直放在书架上的书，从来没阅读，也无从知道他的好坏，直到换了书架，它也没有进过我们的法眼。而倾盖如故的知己，是一本突然获得的书，我们在匆忙中翻开了它，从此它就被我牢牢抓在手里，永不放弃。人与人的相遇，是一瞬间心灵的交会，合拍了，便产生共鸣，人与书的相遇，又何尝不是？

世上有多少好书，便有多少好人。爱书如命的书痴，无法穷尽世上所有的好书；同样，热心交友的豪杰，也不能结交所有的好人。他人交口称誉的好书，我没有读过；他人死生相托的挚友，于我仅是一个陌生的名字。人与好人的相遇，是一种偶然的因缘；人与好书的相遇，又何尝不是偶然的际会。所以，有人宣称，所谓好书，就是对我有用的书；所谓好人，就是对我好的人。这种实用主义的庸俗宣言，未尝不是一种洞明世事的哲学

——不能占有天下好书，便以我为准，改变好书的定义；不能结交天下好人，便以我为主，改变好人的定义。自欺的举动，仿佛无奈的奋发，带上了凄凉的豁达。

世上不乏可以一读再读的好书。一本已经熟读了多次的书，偶尔翻起，往往会有新的感触，仿佛在多年的老朋友身上发现了以前从未意识到的人格魅力。同时，一本我们原来以为可以一读再读的好书，突然有一天发现了它理论的缺陷和材料的虚伪，再也不堪卒读，从此丢弃，仿佛在多年的好友或者爱人身上发现了背叛或者出卖，再也不能重续前缘。前者使人喜，清朗通透；后者使人忧，沉郁阴沉。

读书和读人，都是这样一个喜忧参半的过程，悲喜交集的人生。

5

有的时候，那些曾经陪伴过我们的书，突然不再适合我们的成长，童话，故事，小矮人，它们和我们的过去一起，被装在童年的书包里，丢弃在人生的道路上。一同被我们抛弃的，还有儿时的伙伴和当年一起偷果的朋友。我们偶尔会想起这些童话和我们的旧友，然而再也不会回去。有时发现，当年曾经深为迷醉的图书，如今看来成了不登大雅之堂的庸俗读物，而当时觉得诘屈聱牙的书，如今读来甘之如饴，如坐春风；如同当年最好的朋友，已经不再有记忆中的容颜和品格。不同的时期，我们阅读不同的书，正如不同的时期，我们有不同的朋友。在读书和读人的反反复复中，我们听到了窗外的沙沙声。这声音，其实是冷风掠过树叶，欲来推开我们的门。然而屋中静坐的读书人，却错认作骨节生长的声音。

很少有什么东西，当得过时间的刻画和重压。时间使我们厌弃曾经热爱的书与人，把他们的特点不动声色地一一展示给我们。有的是优点，有的是缺点；有时是优点，有时是缺点。它不理会我们的感受，不管是读书的欢乐，还是读人的痛苦。它是无情的造物主，冷静的小说家。

2010 年 3 月

审丑的生活

一个爱书之人，如果选择了编辑这门职业，那么，至少有一半的读书乐趣，他从此无缘享受。世界上没有无缘无故的爱，但是至少有一半的爱，源于事物神秘感的召唤和人与生俱来的好奇心。出版社的编辑，从书还是作者笔头流出来的墨水之时（有时甚至还只是作者脑海中冒出来的念头），就开始被迫关注，天天琢磨书的样子，多大开本，几许印张，身价如何，何时面世。眼看它写完了，眼看它照排了，眼看它被编辑和校对改成了花脸了，眼看它印刷了，眼看它出版了。最后拿到成书，左看右看，心里或许有点高兴，但更多的是如释重负的快感。从某些角度来看，编辑一本书，便宛如谈一场漫长的恋爱，而且是同娇纵的姑娘谈恋爱。她不断地撒娇、爽约、要这要那，想出各种方式来考验你的真诚。人世间再深沉的爱，也经不起几次三番的折腾。编辑对于书的厚重的爱，迟早要被漫长的三审三校的程序磨得像一根牙签一样细。

编辑都要读书，但一个称职的编辑，大概很少去阅读自己编辑的书。这是对的，阅读的乐趣，源于陌生，仿佛幽巷之中漫无目的的行走，不知道会遇上哪一个撑油纸伞的丁香姑娘。自古青梅竹马之人，即使是天作之合，也少有修成正果的。因为太熟了，太熟了，便容易审美疲劳。按照现在编辑出版的要求，一个称职的编辑，应该把自己所编的书通读两遍以上。世上很少有百看不厌的女子，除了传说中的四大美女；同样，世上也很少有百看不厌的书，除非是《边城》《小王子》这样的不仅经典而且短小的名著。书读两遍，缺点自现。编辑充当了这本书从孕育到诞生的全过程保姆，缺点被放大，优点都退隐。除非为了做论文，或者炮制推销的书评，他大约很少再去翻开阅读。

编辑也容易罹患职业病。一种职业病是身体上的，比如高血压、颈椎病等等。虽说计算机如今已经普及，很少有编辑还是“电脑盲”，但是短时间内，编辑出版还难以实现无纸化办公，出校样，看清样，哪一个阶段，都没法离开纸质的文稿。传统的“脸朝书稿，背朝墙壁”，依然是行业主流的生产方式。如今的编辑，多半都得是个社会活动家，但花在书桌前伏案苦读苦改的时间，无论如何多于常人。作为一个长期伏案工作的书蠹，迟早要被高血压等疑难杂症在人生的道路上擒获。当然，职业病哪个行业没有，成天吃喝，也得有啤酒肚的烦恼，所以这不算什么。还有一种精神上的职业病，我姑且称之为审丑：无论何种场合，养成了挑错字的坏毛病。

去餐馆吃饭，拿起菜单来，首先就是看看菜名有没有错字，倘若餐馆是国际化的，附上了英文或者日文，那就顺便把细小的外国文字也琢磨一下。看电视电影，心里念叨："嗯嗯，这个字写错了。让我想想，这是这部电影字幕出现的第 5 个错误了……不对，也许是第 6 个……"看书自不消说，手里的笔饱蘸了墨水，见到错字，当头就画一个圈，斜斜地牵出一条线来，写上正确的字，一个相当标准的校对符号，时不时把改错的职业习惯，带到阅读的审美体验上来。就算是去博物馆，看到挂起来的横幅："哎呀，难道这上面当头一个大错字。让我看看，是××部门挂的，这种规格，这种地方，应该不会犯错误吧？……也许是我记错了，且记住，回去查一查。"好好的审美的活动，最终变成审丑的体验。

呜呼！编辑的这种职业病，直接影响了我们的生活状态，因为生活中并不缺少错字，缺少的是发现的眼睛。

编辑偏偏锻炼出了这样的眼睛，所以我们长期生活在超强纠错的模式中。本来，餐馆里的菜很可口，电影里演员的演技不错，博物馆里展出的，也全是第一流的文物，可惜忙于纠错，我们都没有全心全意领会。仿佛一桌子的山珍海味，满汉全席，我们只顾着刨碗里的白米饭。又仿佛幽巷中走来了一个撑油纸伞的丁香姑娘，我们并没有去看油纸伞上描绘的花鸟凤凰，也没有去看姑娘穿着的淡青色旗袍，更没有观察到她耳边垂着的明月珰，单单注意到了姑娘绣花鞋上沾着的泥泞。

当然，我从来不觉得这样有何不好。无论如何，在他人审美的地盘审丑，真是够特立独行，而特立独行，即使是一只猪，也值得尊重。出版社为每个编辑都订了好几种提高业务能力和水平的刊物，其中一种叫《咬文嚼字》。对于编辑来说，没有哪一个词，比“咬文嚼字”更能准确概括我们的工作生活了。每天在“做为”“作为”，“地”“的”“得”上纠缠不清，为求一字之妥帖、一句之顺畅，翻阅古籍底本和《辞源》《辞海》等好几种工具书。旁人看来，或许可笑，我们却乐此不疲。并不是因为这之间有多么伟大，包含何等的学问，而是因为，我们擅长于此，可以靠此来获取糊口的工资。编辑咬嚼的对象，是淡而无味的铅字，成天和铅字作对。这当然没有咬嚼鱼肉和牛排舒服，也没有“与天斗，与地斗，与人斗”的乐趣。但是能把铅字吃出鱼肉和牛排的味道，显然也是一种能力，值得拿出来夸耀。

黑夜给了我黑色的眼睛，编辑却用它们寻找错字。

2010 年 6 月

四十不惑惑转滋

1

古人云：四十不惑。在不惑之年，我却疑惑更多。其大者有二。

三十岁时，我前半生倚靠的父亲已经去世，后半生倚靠我的妻儿尚未到来。那时我孑然一身，如一叶扁舟浮沉于城市的人海，可是我却充满希望：安定，繁荣，城市日新月异，农村的乡亲们也衣食无忧。以中国人的勤劳，中华民族迟早屹立于东方。习习和风，迟迟春日，当此时，尽管我凡事以绝望的心态全力以赴，内心深处未尝不期待一个希望的结果。如今的我，却有点不安。……曾经以为早被弃置的个人暴力、群体愚昧和制度冷漠，其实都没有远走，卷土重来未可知。我的孩子，将面对什么样的世界？我要如何作为，才能保证我的孩子生活在光明与希望的未来？

是为惑一。

四十年来，我虽非大善，总算不曾作恶，没有杀人放火，也不曾暗箭伤人、落井下石。我可以毫不愧怍地说，迄今为止我还算是一个方鸿渐式的人，虽全无用处，但是个好人。只是这种好，是建立在诱惑不大、考验不多的基础上的。目前为止，命运对我还算不薄。我的人生之旅，总体顺利。在学校没有遇到霸凌的混混和可恶的老师，安安稳稳地毕业升学。工作后，也被同事照顾得很好，做出成绩能被人看见，捅下纰漏也有人掩盖；每天都很忙，随时都有空，工作十几年，大部分双休日都可以自由安排。情感上也没有要死要活的折腾和波折，夫妻三观吻合，爱好一致，偶尔拌嘴，就当口才练习。迄今最大的烦恼，也不过是母亲个性过于刚强，令人头痛，换个角度，正说明她身体甚好，气血方健……但是，假如命运露出狰狞的獠牙，毒打我，逼迫我性命和良知二选一；假如它披上美女的画皮，诱惑我，激发我压抑已久的幽暗意识，我是否还能这么心平气和地自命好人？近四十年来，我阅读社会这本大书，深知历史的浪潮不以个人的意志为转移，而人间的苦难十之八九源于人与人的相互伤害。哪有什么负重前行，不过是有人骑在你头上岁月静好。近二十年来，我阅读文字这本小书，沉潜李杜之诗，遵循孔孟之教，颐养浩然之风，用司马迁、苏东坡等先贤的嘉言懿行自我勉励，期望自己能够做一个越挫越勇、屡败屡战的孤勇者，但修炼到几层，却完全没有信心。我习得了对战困难的兵法，理论知识丰富，却宁愿做一个永远不上战场的战士，在勇士的自我期许中老死枥下。因为上了战场，面对妖魔鬼怪，我不知道我是弃甲曳戈而逃，还是奋勇出击，一决雌雄？

是为惑二。

2

我也有不惑之处。第一是承认平庸。十几岁读谌容的小说《人到中年》，对文中展现的“中年疲累”印象很深，看完简直不敢长大。二十几岁看许鞍华的电影《男人四十》，对电影中展示的“中年春梦”又有点嗤之以鼻：年轻时的才子，中年以后的普通男人，解决中年危机的方式，竟然是与年轻、主动的女学生谈恋爱。我作为男性，也不免觉得有点过于幻想与自信，就算主角林耀国由张学友饰演也不能令人信服。幸亏许鞍华是女性导演，省去了许多骂名。

如今轮到我亲自体验中年况味，张学友所饰的林耀国式的“中年春梦”固然不可以复制学习，谌容式的“中年疲累”其实也并不可怕。他们的问题，简单地说，都源于“知识分子”式的自视甚高：谌容笔下的陆文婷纠结于不能报效国家，还有官僚来颐指气使；林耀国惧“修名之不立”，看到同学飞黄腾达，不肯认输。其实所谓的中年危机，多半源于自我的过高期许，一旦发现那些年少时的梦无法实现而又白日西斜，便生出时不我待的危机感。平凡人应有平凡人的应对之道。与其患得患失，不如早早自承平庸，明白绝不会有年轻漂亮的女学生送来情感第二春，绝不会有机会和能力实现事业第二春，那么对命运拿走递来的暗中标价、不怀好意的馈赠，就能坦然对待，得之为幸，不得为命。

第二是坚守自我。我的智商，大概属于村级学神、县级学霸、国家级学渣。在村小，我吊儿郎当也能次次第一；在县中，就得努力苦读，才勉强当个学霸；到了大学，无论我多么努力，也没法名列前茅，只配当学渣。我的优秀只限于山村，在全国范围不过是庸才。毕业前后，我尝试过多种职业，最终听从内心的召唤，选择编辑出版行业中最没“钱”途的古籍整理出版，此后从未作他想。如今回头看，一则以喜，一则以忧。喜的是编古籍最是简单，没有那么多语词需要避讳，没有那么多病句需要修改，没有那么多傲慢的不准改一字但实际上水平稀烂的作者来消磨我的好心情；最大的困扰，无非是枯坐十天半月，多对几个版本但一无所得。忧的是十几年的职业训练，我发现自己变成鼯鼠，五技而穷：编书、校书、卖存书，公文、论文、白话文，样样会一点，样样不精。此生看来只配献身于古籍整理事业。出版几本此前从未整理过的古籍，也不敢许为定本，只愿后起者能够踩着我更进一步，于愿足矣。

我从西南贫穷的山村走出，走到东南自古繁华的钱塘。凭借时代大潮的牵引和一点点运气，我走得很平稳。看见过许多人的遭遇，我不会说这个世界公平。比起我的父母，我的亲友，我的兄弟姐妹，我也没有资格说自己吃过苦。四十年来，支持我完成这段旅程的最大财富，就是从泥土中带来的朴实和放低自我的真诚。我宁愿朴实得土气，真诚得卑微，老老实实度过一生。在如今多快好省、既要又要的时代，我这种想法，多少有点不合时宜，“圣之时者”恐怕不会同意。但我始终相信，大多数人一生所求，一定不是夸夸其谈和耀武扬威。当然，自己说自己朴实、真诚，已经近于虚夸，显得可笑之极，难保不招来嗤笑。往后余生，只好用实际行动，来堵悠悠之口。

3

最后，谈谈希望。许多谈及中年人生活的文章，常常引述张爱玲的话：“中年以后的男人，时常会觉得孤独，因为他一睁开眼睛，周围都是要依靠他的人，却没有他可以依靠的人。”我翻了张爱玲的散文，并未找到这一句，借助大数据，只在《半生缘》第九章中见到意思近似的一句话：“中年以后的人常有这种寂寞之感，觉得睁开眼来，全是倚靠他的人，而没有一个人是可以倚靠的，连一个可以商量商量的人都没有。”人所常引的名言，恐怕经过了后世“情感导师”的小手术，把人所共有的烦恼，变成男人独享的寂寞。不过大体意思不变，表达却简洁了一点。自然，这句名言的著作权只能归张爱玲。好比梁启超改造顾炎武的名言，把啰里啰嗦的“保天下者，匹夫之贱与有责焉耳矣”改为“天下兴亡，匹夫有责”，后人断不能说这是梁启超的警句。

从今往后，我正是张爱玲所谓的“中年以后的人”，但目前我尚未觉得孤独或寂寞，相反还充满干劲。

每天一睁开眼，想的并不是身边有没有可以依靠的人，而是今天“又是欠着银行好几百块的一天”以及“距离年底目标任务还差500万”，须得争分夺秒，好好工作。随后驱车二十公里去上班，尽管晨光熹微，路上已车水马龙，路口堵得水泄不通，正是“莫道君行早，更有早行君”。一路提防乱走的行人（快走快走我让你），路骂插队的车辆（休想插队，给老子滚），怜悯路毙的猫狗（可怜的小东西，愿天堂没有铁皮车），到了办公室，已急出一身汗。早餐后开始工作，今天的目标是报告一篇，书稿50页；不承想中途插进一无关紧要的会议，下班时书稿还剩30页，只好叹一口气，把剩下的书稿装进包里。下班路上，堵在高架上，夕阳像一枚硕大的鸡蛋黄，令人想起晚餐，不由得肚饿。它的光斜射过来，又像醉鬼的脸，热情亢奋，把高架两旁的高楼和脚手架都染得通红。车里放着歌，唱稻花香，唱当年情，唱明天会更好但今天有点衰。老歌老调老掉牙，平平无奇却永远不腻。

据说标准的中年男人，下班后要坐在车里静坐片刻，抽一支烟，听一首歌，在短暂的独享的空间中平静心神，抚平创伤，好比狮子默默舔舐伤口。我呢，每日需与妻子一车两人，同进同出，在车上独处的机会，目前尚未曾有，不知这车内独处的疗愈效果如何。如果说有什么奢求，就是希望以后永远没有需在孤独的空间中疗愈的烦恼，家中永远有促使我早归的事物。那些人生不得不面对的烦恼、忧伤，都如衣上落叶，迎风一振，全部委弃在地。

许多人在四十岁就已经老了，比如柳宗元；许多人四十岁后才刚刚开始一生的颠沛流离，比如苏东坡。但一千年后他们还很年轻。可以不相信人间的一切美好，但相信生活中有一切问题的答案；可以相信“一切有为法如梦幻泡影”，但不意味着放弃坚持马上认输；可以认为所有的呐喊最终都毫无希望，但绝不率先扼住自己的咽喉。——所谓坚守自我，并不是“出走半生，归来仍是少年”，而是人到中年，依然能够透过重重迷雾，看见那个跋山涉水而来的少年。

本文题目来自太平天国干王洪仁玕的《四十千秋自述》。全诗如下：

不惑年临惑转滋，知非尚欠九秋期。
位居极地夸强仕，天命与人幸早知。
宠遇偏嗤莘野薄，奇逢半笑渭滨迟。
兹当帝降劬劳日，喜接群僚庆贺诗。

两年后天京陷落，洪仁玕逃到江西被捕，随后被凌迟处死。他可能是太平天国最有见识的一位领袖，但赍志而殁。

2022 年 6 月

后记

我是个出版工作者，以笔为犁，以纸为田，躬耕于白纸黑字之间。书是我的爱，也是我谋稻粱的工具。如果说作者是土地和庄稼的所有者，那么，编辑最多是一个作者请来的帮工。他帮助作者平整土地，打理庄稼，秋天的丰收，当然有编辑的功劳，但满仓的粮食并不能、也不该属于编辑。近二十年来，我一直满足于这样的定位，享受这样的角色。毕竟，能把爱好和职业结合在一起的幸运儿，自古少有，我就是其中之一。若说有什么遗憾，那就是职业生涯从来没有编辑出一本畅销书。面皮再厚，我也很难自命为优秀的编辑。

工作之余，有时也不免技痒，提笔为文，尝试写点小文章，说说心中不平意。本意不过是想吐出块垒，助我躺平，以睡个好觉。哪知年少气盛，动辄有感，胸中块垒，未免多了些，十余年下来，竟然有了二十余篇、十余万字的规模。四川人民出版社的李淑云女士认为这些文章有点价值，不妨结集成书。她淘汰了老弱，增添了章节，在她的剪裁梳理之下，这些本来年龄不一、互相看不顺眼的懒懒散散的散兵游勇，像经历了程不识式的军训一样，竟然部曲严整，铠甲鲜明，军容焕然一新。

进取之人，“苟日新，日日新，又日新”，每一天都奔驰在进步之路上，所以他们常常“悔其少作”，不仅对文章一改再改，还恨不得拉杂摧烧之。但我在复读自己的文章之时，却从无悔意。我感到的是好笑。一笑年轻的矫情。写作的时候，我并未想过发表，所以笔下总有50％左右的坦诚。如今时过境迁，再回想起当时的忧愁烦闷和苦恼愤慨，只觉矫情得好笑；但是也很快以“他那时太年轻”为借口，自我原谅。二笑年少的才华。不妨诚实地说，当我阅读旧文，有时会感到一点得意：“这个句子这么妙，想不到竟是我写的，当浮一大白。”不过马上升起的就是“再也写不出这样好文”的哀叹。

我钟爱的文风，是风趣幽默和简洁明净，但自己作文，却往往缠杂反复，哀伤得过分，其实与我的现实人设有点距离。生活中我还算乐观之人，至少不像文中表现的那样低沉阴森，可能暴躁、阴冷、哀伤等不良情绪都倾吐于地了，所以胸中气畅，多少正常了些。有人说写作是一场疗愈，诚哉斯言。

本书的插图，出自画家金雪。我没有见过她，她也不曾去过我家乡。但她读了我的小文，信手而绘，还原了我故乡的风物，传达出温暖的气息，抚慰了我。文字因缘，奇妙如斯。我把这当作她赐下的赞赏，希望有一天能够面谢她。

这本小书里的文章，最早写于 2007 年，最晚写于 2023 年。部分文章承蒙朋友们不弃，曾发表于大大小小的报刊，其中以发表于《杭州日报》“西湖副刊”的最多。在此应该感谢这些朋友。本来我想一一点出他们的名字，但转念一想，不过是一本自我疗愈的小书罢了，可能也不会有人来看，犯不着这么大张旗鼓。因此罢了。

还有一点需要说明，本书写了一些我故乡父老和哥哥姐姐的故事，这些故事基本上都是悲剧。故事的细节，大部分并非我亲见，而是得诸耳闻，经历多轮转述，到我耳中的还有几分真实，已经很难考证。把这些半真半假的故事公之于众，并未征得主人公的同意，所以除了有血缘关系的亲人之外，其余均用了假名。直截了当地说，我倒宁愿这些故事都是假的。

2024 年 5 月 12 日，汶川地震十六周年，母亲节。